Doris Knecht

# LANGSAM, LANGSAM, NICHT SO SCHNELL!

*Geschichten vom Leben unter Teenagern*



Czernin Verlag, Wien

Gedruckt mit Unterstützung der Kulturabteilung der Stadt Wien,
MA7 / Literaturförderung und des Landes Vorarlberg

Vorarlberg
unser Land

Knecht, Doris: Langsam, Langsam, nicht so schnell! – Geschichten vom
Leben unter Teenagern / Doris Knecht
Wien: Czernin Verlag 2016
ISBN: 978-3-7076-0582-2


Umschlagfoto: Ingo Pertramer
Autorenfoto: Heribert Corn
Satz: Burghard List
Druck: Druckerei Theiss, A-9431 St. Stefan
ISBN Print: 978-3-7076-0582-2
ISBN E-Book: 978-3-7076-0583-9

# Schau, ich kann mit zwei Händen schnipsen

Ab wann kann man von Kindern erwarten, dass sie die Erwerbstätigkeit ihrer Mutter respektieren? Ich warte jetzt seit acht Jahren darauf und es passiert: nichts. Jedes Jahr denke ich: Heuer wird es gehen. Ab heuer werden sie meine Berufstätigkeit mit Respekt und einem gewissen Stolz anerkennen. Nix. Denn offenbar tut man den Kindern keinen Gefallen damit, dass man sich müht, in den Ferien zwei Monate lang mit ihnen zusammen an einem schönen Ort zu sein, wo man in der Früh ewig mit ihnen im Bett kuschelt, mit ihnen ins blöde Freibad schwimmen fährt, ihnen ein Dutzend Mal am Bauernhof beim Reiten zuschaut (was hübsch fad ist), mit ihnen Kanu fährt, Schwammerl suchen geht und abends am Feuer sitzt. Nein. Was vom Tage übrig bleibt: Die Mutter sitzt ununterbrochen vorm Computer. Und das ist sooo megagemein.

Zwei Monate lang habe ich den Mimis gleichmütig immer wieder erklärt, dass ich zwar nicht im Büro sein, aber dennoch ein paar Stunden am Tag arbeiten muss. Zwei Monate lang haben sie mich nach Lust und Laune dabei unterbrochen. Am letzten Ferientag sind zwei Dinge passiert: Die Mutter setzt sich hinter ihren Laptop und verkündet, dass sie jetzt arbeitet. Bitte nicht stören. Nach fünf Minuten kommt Kind eins und will über Jedi Ritter reden. Die Mutter erklärt, sie muss jetzt arbeiten. Nach zehn Minuten kommt das Kind und will wissen, wann sein Lieblingsleiberl endlich gewaschen wird, das liegt jetzt schon seit 20 Minuten im Wäschekorb, ohne dass sich irgendwer darum kümmert. Die Mutter erklärt in etwas entschlossenerem Tonfall, dass sie jetzt arbeiten muss, jetzt also nicht. Nach zwölf Minuten kommt das Kind, stellt sich so lange neben die Mutter, bis diese ihren Gedanken unterbricht, ihren Gedanken fallen lässt, für immer und ewig und unwiederbringlich im finsteren Loch des Vergessens verliert und sagt: Schau, ich kann mit beiden Händen gleichzeitig schnipsen.

Gut, ich gestehe, da bin ich ein wenig ausgerastet. Du bist acht! Einer Achtjährigen mit Garten ist eine arbeitende Mutter zumutbar! Kapier das jetzt endlich! Was das zweite Kind auf den Plan rief beziehungsweise weckte, welches sich sodann vor seinen Kakao und sein Nutellabrot setzte und mit progressiv nässenden Augen sein grausames Schicksal beklagte. Dass es eine Mutter habe, die permanent arbeite und sich nie nie nie kümmere. Und nie könne man mit ihr einfach so sprechen. Und jeden Tag müsse man bis halb vier, manchmal bis vier (!!!!) im Hort bleiben. Und die Mutter hielt den Mimis wieder einmal eine Batzen Rede über Privilegiertheit und Verwöhntsein, und es war wie immer vollkommen für den Hugo.

In einer deutschen Studie beklagten sich 17 Prozent der Kinder Vollzeit arbeitender Erziehungsberechtigter darüber, dass ihre Eltern sich zu wenig um sie kümmerten. Bei den Kindern nicht arbeitender Eltern waren es 28 Prozent. Das glaube ich sofort.

# Mit Brutalitäten ist zu rechnen

Das Waldviertler Bullerbü-Idyll eskaliert. Es spielt Osthof gegen Westhof. Wasserbomben flogen und unreifes Obst. Gartenschläuche wurden eingesetzt. Und Fäuste. Am Ende gewannen, oder jedenfalls glauben sie das, die mit dem Testosteron. Die ohne spielen jetzt halt nicht mehr mit ihnen, was den Testosterönlern wurscht ist: noch.

Der Horwath sagt, ihm is auch wurscht, hat er weniger Kinder am Hals. Der Horwath hat im Moment minder gute Laune, weil der Nachbarbauer schüttet eine riesige Wiese direkt neben dem Horwath mit Dreck auf. Er tut es zu dem Zweck, dass die Wiese danach mit Dreck aufgeschüttet ist. Der Dreck kommt von einem, der am anderen Ende des Dorfs einen Hügel wegbaggert, der seinem Carport im Weg steht. Seit zwei Wochen brettern unablässig schwere Lkw voller Dreck durchs Dorf und leer wieder zurück. Wir lassen die Kinder nicht mehr auf die Straße, es ist zu gefährlich. Der Horwath kann vor lauter Staub nicht mehr in seinem Garten sitzen und kriegt immer dickere Kabel am Hals. Zum Glück hat er noch einen Innenhof zum Sitzen, nur rennen dort mittlerweile derart viele Sulmtaler in allen Größen herum, dass die Menschen kaum mehr durchkommen.

Gegessen haben wir immer noch keins. Weihnachten, sagt der Horwath, und dass die ersten Hendln jetzt leider schon zu alt sind und die andern noch zu klein. Jaja. Die Horwath'sche Hühnerzucht wird die weltweit erste sein, in der Hennen alle glücklich an Altersschwäche verscheiden. Eins hat sich schon im Hühnerstall hingelegt und ist friedlich und gewaltfrei entschlafen, zufällig, als die Horwaths einen Tag nicht da waren, und so hat es eines der Mimis gefunden, als es in meinem Auftrag drüben Eier fladern sollte. Aber Eier gibt es auch keine mehr, die werden jetzt alle bebrütet. Nächstes Jahr wird der Horwath eine Batzen Hendlfarm haben, weil es der Populationsexplosion sehr förderlich ist, wenn weder Hendln noch Eier verzehrt werden. Ich werde nie erfahren, wie ein Sulmtaler schmeckt.

Hoffentlich ist dann die Dreckswiese vom Bauern wieder mit Gras überwachsen, sonst weiß ich nicht, wo der Horwath sitzen soll, außer drinnen. Oder bei uns. Aber zu uns kommt er seit dem Kinderkrieg auch nicht mehr. Seit dem Krieg gehen die Mimis nicht mehr zu den Horwaths, und der kleine Horwath kommt zu uns sowieso nicht, auch nicht in Friedenszeiten, weil er sich, soweit es das Gesetz erlaubt, nur auf Grundstücken aufhält, wo er das Sagen hat. Oder wo wenigstens das Personal wesentlich besser spurt als bei uns, wo Kinder mitunter Brutalitäten wie den Worten »nein«, »jetzt nicht« und »du bist acht Jahre alt, hol/mach/streich es dir selber« ausgesetzt sind. Was den Horwath kürzlich zu der Bemerkung verleitete, es wundere ihn nicht, dass die Kinder bei uns nicht gern seien … Jaja. Ich bin Kindern im Prinzip gar nicht zumutbar. Nur die Mimis wissen das nicht: noch nicht.

# Kann man machen, muss man aber nicht

Unlängst traf ich auf der Straße eine alte Bekannte, die ich lange nicht gesehen hatte. Na, halloooo, wie geht's, wie geht's, danke, danke, jetzt eh wieder gut. Aha, warum. Ja, sie hat sich getrennt. Ach, nein, wirklich und weshalb? Na, rundheraus gesagt: wegen dir.

Da war ich ein bisschen überrascht. Weil nicht, wie Sie jetzt glauben. Ich kannte den Kerl gar nicht, nur einmal aus der Ferne gesehen. Aber die Bekannte hatte mein letztes oder vorletztes Buch gelesen und bei einer Kolumne (ich glaube, es ging darum, dass die Mütter nicht selten alles machen müssen, den Hauptteil des Haushaltsbudgets verdienen, die Wäsche waschen, mit dem Kind zum Arzt gehen und zum Elternsprechtag und dann auch noch am Spielplatz sitzen, um den Kindsvater nicht zu entmannen) gedacht: Scheiße, genauso ist es bei mir. Und hatte daraufhin einen ordentlichen Streit mit dem Mann angefangen. Und der Streit führte unmittelbar zur Trennung, und zwar nach sieben Jahren Beziehung. Und die Bekannte sagte, sie ist jetzt frisch verliebt und wirklich froh, dass sie den anderen los ist, aber es sei auch ganz gut gewesen, dass wir uns die letzten zwei Jahre nicht getroffen haben. Das finde ich auch.

Und ich finde weiters: Dergleichen kann man nach der Lektüre meiner Bücher natürlich machen, muss man aber nicht. Ich sage das, weil ich für allfällige Nebenwirkungen meines neuen Kolumnen-Bandes nicht zur Verantwortung gezogen werden will, gell.

Wobei die Gefahr, dass meine Texte als Ratgeberliteratur missverstanden werden, normalerweise extrem gering ist. Was einerseits schade ist, weil damit ließe sich, wie mir mein Verleger periodisch versichert, wirklich schönes Gerschtl machen.

Andererseits ist es gut, weil es mir eine gewisse Faktenuntreue und einen sehr lockeren Umgang mit der Wahrheit erlaubt. Zum Beispiel ist die Sache mit dem Verleger frei erfunden, so einen Unsinn würde der natürlich nie sagen.

Sie hätten ihn aber erleben sollen, wie ich kürzlich, bei einer uchpräsentation zu ihm sagte: Heast, lieber Verleger, diesmal will ich Werbung für mein Buch. Zuerst hat er nach links und nach rechts geschaut, ob ich vielleicht jemand anderen meine. Dann: brüllendes Gelächter, wie ich es sonst nur von der Anna und der Polly kenne. Turbo-Gewieher und Brutal-Schenkelgeklopfe, dass die Leute sich rundherum hergedreht haben, ob bei uns alles in Ordnung ist. Das ist auch nicht wahr. In Wirklichkeit hat er mich nur angeschaut, als sei ich ein bissl juchee, hat mir einen großen Spritzer bestellt und gesagt: Eine Party gibt's, wie immer, sonst nix, cheers! Und danach wurde es wieder so, dass ich sagen muss: Bitte machen Sie das daheim auf keinen Fall nach. Aber lustig war's, das schon.

# Leider war ein anderer schneller

Am Heimweg erzählt mir das Mimi, es sei heute von seiner Lehrerin angeschnauzt worden. Warum. Es hatte etwas verloren. Na ja, vielleicht hatte sie einfach einen schlechten Tag, und du verlierst ja bei Gott nicht zum ersten Mal etwas. Aber die Lehrerin habe schon ziemlich geschnauzt, sagt das andere Mimi. Woher weißt denn du das? Es war in der Klasse von dem einen Mimi, sagt das andere Mimi. Aha, und wieso das? Es konnte nicht am Turnen teilnehmen. Warum nicht?? Kein Turnzeug. Warum kein Turnzeug, ich habe dir doch … Das eine Mimi hatte sich das Turnzeug ausgeborgt, und dann war es leider verschwunden. Warum hat sie dein Turnzeug ausgeborgt? Weil sie ihres verloren hatte. Was? Und jetzt hat sie deins auch verloren? MIMIIIIII!!! Meine Güte, ich solle mich nicht so aufregen, es sei jetzt eh alles wieder da.

Ich rege mich aber auf. Der September war noch nicht vorbei, musste ich schon ein Schulbuch (€ 15,-) nachkaufen und im Elternheft drei Rügen wegen fehlendem Dies und vergessenem Das unterzeichnen. Letzten Donnerstag kam das Kind ernsthaft ohne seine Hose heim. Was hast du da an? Das ist aus dem Ersatzgewandsackl von der Milena. Wo ist deine Hose? Weiß nicht, ist verschwunden. Wie verliert man eine Hose? Und warum hast du nicht etwas aus deinem Ersatzgewandsackl an? Das ist auch irgendwie weg. Wie: weg? Ja, weg halt. Gut, sie hat auch das in der Genetik.

Ich habe im Laufe meines Lebens CDs verloren, Bücher, Gitarren, Studiennachweise, Steuererklärungen, Schlafsäcke, Sessel, Fahrräder, Schminktaschen, Meldezettel und Reisepässe im Dutzend, Kochgeschirr, ausgeborgte DVDs, und erst im Juli in Kroatien mein Geldbörsel mit absolut allem drin, als ich es irrtümlich neben die Tasche gesteckt habe. Bitte, ein ehrlicher Mensch hätte es vis-à-vis beim Tourist-Office abgegeben, leider hat es der nicht gefunden, sondern ein anderer, man kann hier also schon eher von Fladern sprechen als von Verlieren. TROTZDEM! Man kann doch nicht alles auf eine verhatschte Genetik schieben! Man bringt doch auch selber etwas mit ins Leben. Ich zum Beispiel habe die Schlamperei in meinen Familienstammbaum überhaupt erst eingebracht, ich entstamme einem überaus ordentlichen, praktisch durch und durch rechtwinkligen Geschlecht.

Genauso gut hätten also auch meine Kinder ordentlich werden können. Das Problem ist, dass ich die Einzige in dieser Familie bin, die diese Socken, völlig konträr zu meiner Veranlagung, am fünften Tage schließlich aufhebt und in die Wäsche schmeißt. Ich muss quasi, damit diese Wohnung überhaupt bewohnbar bleibt sowie zur äh maternalen Vorbildtauglichkeit, meine gottgegebene Unordentlichkeit brutal unterdrücken. Gesund ist das sicher nicht.

# Aber ich sitz ja immer an denselben Orten herum

Sätze, die ich auch gerne einmal sagen würde: »Ah, das Palais Coburg. Da aß mein Treuhänder immer gern.« Allerdings sind nur meine Zürcher Freunde in der finanziellen Position, derlei in eine Konversation zu werfen: im aktuellen Fall Dizzy Campolongo, während wir nicht im Coburg sitzen, sondern im Saigon im Brunnenviertel. Dizzys Ron-Mael-Schnurrbärtchen ist nachgewachsen, was mich froh macht, denn das Bärtchen hatte mich zwei Tage zuvor im Rebhuhn irgendwie nervös gemacht: Links war es beim Rasieren ein wenig kürzer geraten als rechts, ich konnte gar nicht wegschauen und starrte Dizzy, während wir sprachen, permanent auf den nicht ausbalancierten Moustache, der mein natürliches Gefühl für Symmetrie beträchtlich irritierte. Dizzy ist auf Besuch, erwägt nun aber, sich hier niederzulassen.

Denn im Unterschied zu Honzo, der Wien für die mieseste Stadt der Welt hält und sich deshalb ganz nach Berlin verfügt hat, finden die meisten meiner ausländischen Freunde, dass Wien gerade im Moment eine der lässigsten Städte der Welt sei. Finde ich auch, aber ich sitz ja immer an denselben Orten mit denselben Leuten herum.

Natürlich begrüße ich die neue politische Situation außerordentlich und richte all mein Flehen an die Protagonisten des rot-grünen Bündnisses, das bitte nicht in den Sand zu setzen. Unter anderem deshalb, weil sonst Honzo oben in Berlin in ein Hab-ich's-doch-gesagt-Mantra verfällt, das bis nach Wien herunterhallen wird. Honzo war zwar auch für Rot-Grün, glaubt aber gleichzeitig, Rot-Grün bedeute so viel wie der Triumph der Bobos (Honzo: der Scheißbobos) über die von ihnen verkannte Realität und sei zum Scheitern verurteilt, weil die Scheißbobos ihre utopischen

Scheiß-Multikulti-Tralala-Fantasien nun der ganzen Stadt überstülpen würden und damit alles nur noch schlimmer machen und am Ende der extremen Rechten zu einer absoluten Mehrheit verhelfen; jetzt einmal überspitzt formuliert.

Ich dagegen glaube erstens, dass sich einige dieser vermeintlichen Fantasien in der Realität ganz gut bewährt haben, nämlich zum Beispiel an jenen Stellen der Stadt, wo es gelungen ist, unterschiedliche Interessen und Lebensstile so zu mischen, dass dort alle relativ zufrieden zusammenleben, und zwar deshalb, weil jeder das Gefühl hat, vom jeweils anderen auf lebensqualitätsfördernde Weise zu profitieren. Siehe das hier schon öfter strapazierte Brunnenviertel, ein Beispiel für gelungene Stadtentwicklungs- und Wohnbaupolitik. Zweitens glaube ich, dass die Wirklichkeit nicht betoniert, sondern korrigierbar ist, unter anderem deshalb, weil Wien, als ich vor 25 Jahren hierherkam, eine ziemlich langweilige, ziemliche alte, ziemlich einförmige, ziemlich in ihren Traditionen verhedderte Stadt war. Jetzt ist es, laut mir und meinen ausländischen Freunden, eine der lässigsten Städte der Welt. Und es kann noch lässiger werden, pass auf.

# Ich bin dann mal überfordert

Und dann bin ich backstage im Rabenhof ausgezuckt. Einfach so ausgezuckt. Seien wir uns ehrlich; wegen nichts, total überzogene Reaktion auf genau gar nichts.

Alle, die dabei waren, haben sich gedacht: Hat die noch alle? Geht's der noch gut? Ich kann diese Frage wie folgt beantworten: Nein, der ging's nicht mehr gut, und hinterher hat die im Taxi losgeflennt wie ein Baby, dass der Taxler sich nicht mehr in den Rückspiegel hat schauen getraut. Weil, wie unangenehm ist das denn, so eine heulende Frau am Rücksitz. Und ich weiß nicht einmal genau, warum ich so ausgezuckt bin, es war ja nichts, nichts, was mir normal nicht scheißwurscht gewesen wäre. Aber an diesem Abend nicht. Mein Herz übersteuerte. Mein Kopf brauste. Meine Ruhe war hin.

Ich weiß auch nicht. Ein schlechter Tag halt. An diesem schlechten Tag hat sich wohl lauter so Zeug, das mir in den letzten Monaten irgendwie zu viel geworden ist, zusammengeknäult, und am Abend backstage Rabenhof ist es dann in einem Batzen Wutausbruch konzentriert aus mir herausgeschossen dass sich alle denken mussten: So, jetzt schnalzt die also auch durch. Aha. So schaut das aus, wenn die die Nerven wegschmeißt, kläglich, tragisch und interessant.

Ja, genau, so schaut das aus. Aber der ganze Tag war schon scheiße. Den ganzen Tag hätte ich schon wegen nichts davonrennen wollen, aber kann man ja nicht machen, geht ja nicht, keine Zeit: arbeiten, Zeug organisieren, Einmaleins üben mit den Kindern. Und man ist bitte erwachsen. Man kann nicht einfach mitten am Tag an der Wand entlang auf den Boden rutschen, dort hocken bleiben, nur ein- und ausatmen und Wasser aus dem Gesicht rinnen lassen, erstens würde es die Kinder beunruhigen, zweitens ist man so jemand nicht. Man ist nicht so eine. Man ist eine von denen, die alles im Griff haben und alles schaffen, das, das und das, und wie nix mit Rauchen aufhören und dazu fünf Kilo abnehmen, alles kein Problem. Man ist ja so eine Alles-eine-Frage-guter-Organisation-Person. Eine von diesen No-Nanny-no-Granny-Müttern, die es für unsportlich halten, sich helfen zu lassen, bitte, man schafft das schon. Plus: Man ist ja auch privilegiert, es geht einem ja prächtig, man hat ja alles, das wäre ja undankbar und würdelos, wenn man mit so einem Leben sagen würde: Also, das ist mir jetzt kurz alles zu viel, ich bin dann mal überfordert und gehe jetzt bisschen weinen. Weil warum? Wegen was? Gibt ja keinen Grund. Geht einem ja gut. Ist ja alles großartig, alles bestens, danke.

Und es stimmt auch: 364 Tage im Jahr. Am 365. flippt man wegen einer völligen Lappalie wie eine Geisteskranke aus, derwischt durch die Garderobe vom Rabenhof und beschimpft wahllos jeden, der sich nicht rechtzeitig in eine Konversation oder aufs Klo flüchtet. Ja. Hm. Entschuldigung. Das war nicht mein Tag.

# Ach ja,
# ich habe übrigens eine neue Nummer

Ich kaufte ein neues Handy und eine neue Nummer. Ich tippte am alten Handy eine Nachricht: Guten Tag, ich habe eine neue Handynummer, dann die Nummer, liebe Grüße, DK.

Ich ging mein Adressbuch durch und markierte alle Namen, denen ich die neue Nummer schicken wollte. Es waren ungefähr 260. Es dauert, 260 Nummern zu markieren. Als ich alle markiert hatte, informierte mein Handy mich, dass ich die Nachricht nur an 20 Nummern gleichzeitig schicken könne. Ich fing von vorne an, und schickte die Nachricht dreizehn Mal an je 20 Leute. Das dauerte mehr als eine Stunde. Dann rief mich eine Freundin an, auf meiner alten Nummer, sie sagte, danke für die neue Nummer, leider funktioniert sie nicht. Ich sah mir die Nachricht noch einmal an und, dasdarfdochnichtwahrsein, ich hatte hinten zwei Ziffern vertauscht. So eine peinliche Scheiße. Unglaublich.

Ich tippte eine neue Nachricht: Zefix, die Nummer war falsch, hier jetzt die richtige. Ich überprüfte die Ziffern der neuen Nummer acht Mal, dann schickte ich die Nachricht dreizehn Mal an je zwanzig Leute, das dauerte ungefähr eine Stunde. Höhnische SMSe wurden retourniert, an meine alte Nummer. Die Freundin rief erneut an, erneut auf der alten Nummer und sagte mir erneut, leider funktioniere meine neue Nummer immer noch nicht. Das war nun nicht möglich, trotzdem las ich mir die Nachricht noch einmal durch, wobei mir auffiel, dass ich die Vorwahl mit 0669 anstatt 0699 angegeben hatte. Mein Kopf fühlte sich an wie ein Bienenstock, wenn's dort richtig Ärger gibt.

Ich tippte eine neue Nachricht: Das ist jetzt schwer zu glauben, aber. Und die neue Nummer, und: unpackbar, DK.

Ich glaube, ich habe, wegen des Bienenschädels, das SMS an ungefähr 180 Leute doppelt geschickt, was von den meisten fröhlich aufgenommen wurde, und an ungefähr 80 gar nicht mehr, weil mir einer antwortete, ob ich ihn verarschen wolle, und wenn er was von mir will, schickt er mir ein Mail. Da schaltete ich das Telefon einfach für immer ab und verkroch mich unter der nächstbesten Decke, weil ich fand, dass die Karmabilanz dieser Woche bereits ungünstig genug sei.

Am Abend war ich bei der Nachbarin von unten zu Geburtstagsfeierlichkeiten eingeladen, Dresscode fesch. Ich machte mich fesch, rief ein Taxi und beim Einsteigen platzte mein fescher Bleistiftrock bis übern Hintern auf. Ich ließ das Taxi warten und zog mich um. Als ich mich auf der Party mit dem Gastgeber unterhielt, fiel dem einfach so sein Rotweinglas aus der Hand, zerplatzte am Parkett und versaute seinen feschen weißen Anzug. Danach streifte ich einen Lichtschalter, was eine Glühbirne und die Sicherung von Küche und Vorraum zur Explosion brachte. Die Leute gingen auf Distanz zu mir. Aber ich spürte: Jetzt ist es erledigt, jetzt wird's wieder besser, und das wird es auch.

# Das geht vorbei, das ist wie Barbiespielen

Einmal habe ich Nein gesagt. Die Sonia hat gesagt: Kommts doch mit, ich kann euch Karten besorgen, das ist total nett, den Mimis wird das gefallen. Ich habe gesagt: Nein, nie im Leben, außerdem geht das an dem Tag terminlich nicht. Die Sonia hat gesagt: Na, schade. Die Mimis kippten jedes Mal mehr in »Helden von Morgen«, nur den Chris fanden sie deppert, also der Chris, iiiii, echt. Bei der »Unschuldsvermutung« im Rabenhof habe ich dann die Anja getroffen, die hat gesagt: Kommts doch einmal zur Generalprobe, am Nachmittag, ich besorge euch Karten, das wird den Mimis gefallen, das ist total nett. Da habe ich gesagt, okay, es ist Advent, ich habe tüchtig Miese-Mutter-Defizite wettzumachen, ich schenke das den Mimis und ein paar von ihren Freundinnen, dass ich mit ihnen da hingehe, okay, wir kommen.

Wir sind am Freitagnachmittag auf den Küniglberg gefahren. Die Mimis und ihre Freundinnen waren total aufgeregt und sammelten im Foyer schon einmal Autogrammkarten ein. Wir hatten prima Plätze, ganz nah an der Bühne. Während der Show brüllten die Mädels und trampelten und winkten mit ihren Autogrammkarten, und ich fand es ziemlich peinlich. Aber ich war auch gerührt, denn zwischendurch saßen sie ganz still und schauten und hatten genau dieses Kinderaugenstrahlen im Gesicht, wegen dem man überhaupt Kinder bekommt. Als es vorbei war, kam die Anja, brachte noch mehr Autogrammkarten und sagte, so jetzt gehen wir nach hinten.

Zuerst holten sie sich noch schnell ein Autogramm von der Doris, und ich durfte danach den Edding nur am Ende anfassen, weil weiter vorne hatte ihn die Doris berührt. Hinten trafen wir zuerst den Thomas, der mit dem Falco in der Band gespielt hat, was das eine Mimi, das gerade eine Falco-Phase durchsteht, sehr beeindruckte, und es kam bei den Mimis nicht schlecht an, dass der Mann ihre Mutter busselte. Dann kam der Mario aus der Jury und großes Hallo und weiteres Gebussel, was der Reputation der Mutter auch nicht schadete. Woher kennst du den??? Na, von früher halt. Und dann kamen der Jonathan und der Lukas und die Sara und die Katharina und die Conny und der Chris, und alle schrieben lieb und geduldig Autogramme für sechs Neunjährige, vor allem der Chris, der, wenn es nach den Mimis geht, jetzt unbedingt gewinnen muss.

Ich bin dort im Gang vom Küniglberg gestanden und habe mir angeschaut, wie meine Kinder begeistert lauter Sachen machen, die mir peinlich sind und die ich eigentlich ablehne. Und ich ließ sie, weil das ist wie Barbiespielen, das geht von selbst vorbei. Und alle waren so freundlich und so süß zu den Kindern, und jetzt bin ich total korrumpiert. So leicht ist das.

Und das Letzte, woran ich mich erinnere, ist, dass ich dem einen Mimi auf dessen nachdrücklichen Wunsch eine türkisfarbene Mütze mit den Buchstaben H E L D E N gestrickt habe. Mhm. Frohes neues Jahr.

# Und es ist übrigens immer halber achte

Das Jahr fing gut an, richtig gut eigentlich. Vorsätze? Ja. Erstens. Zweitens. Drittens. Viertens: Nicht so streng mit sich selber sein. Was für erstens, zweitens und drittens eventuell nichts Gutes heißt, aber. Aber eine Freundin machte mich kürzlich mit der Good-Enough-Theorie vertraut, die mich mit spontanem Enthusiasmus überschwemmte. Es geht, wenn ich das richtig verstanden habe, darum, das Leben gut genug, einigermaßen passend hinzukriegen, nicht, es perfekt zu machen, und das kann ich ja eh schon perfekt und bedurfte sozusagen nur noch einer wissenschaftlichen Absicherung. Diese Perfektionsansprüche, bei berufstätigen Müttern im Übermaß anzutreffen, die ruinieren uns doch eh nur.

Kürzlich hatte eins der Mimis als Hausübung einen Was-weißt-du-über-deine-Mutter?-Fragebogen auszufüllen. Was hat deine Mutter nicht gern und was mag sie an dir und so, eh nett. Aber dann: Wie viele Stunden arbeitet sie pro Tag? Wie viele Stunden pro Tag kümmert sie sich um den Haushalt? Wie viele Stunden am Tag beschäftigt sie sich mit dir? Ja, hej? Wir leben im Zeitalter des Kreativ-Unternehmertums, da lappt das eine über das andere, da kann man das nicht so genau sagen! Aber natürlich trotzdem schlagartiges Gewissensgebeiße nackenwärts, weil, was ist denn das für eine Mutter, die das nicht sagen kann, wie schaut denn das aus, was werden die sich denken? Wie es einem die eigene Mutter schon mit acht implantierte, als man immer auf frische, nicht komplett ausgeleierte Unterhosen zu achten hatte, weil du könntest bei einem Unfall schwer verletzt werden, und was denken sich dann die Sanitäter, wenn sie diese Unterhose sehen? Ja, du.

Und das machen wir jetzt anders. Sind die Kinder einigermaßen glücklich und riechen nicht allzu aufdringlich?

Ruft die Schule nicht öfter als in einer 14-Tage-Frequenz an? Können die Kinder außer TV-Werbespots auch ein paar richtige Lieder singen? Sind noch ein paar abgewaschene Teller im Schrank? Kann man in der Wohnung zwei vollständige Schritte machen, ohne auf Spielzeug zu treten? Kann man sich erinnern, was frische Luft ist und was das Wort Fitnessstudio bedeutet? Lässt sich noch ein Loch in den Gürtel nageln? Und ist man selbst manchmal glücklich? Hat man ein paar gute Freunde? Dann: gut; gut genug. Und eine sehr schöne Basis, um es an manchen Tagen noch besser hinzukriegen und das als selbstgebackenes Erfolgserlebnis zu verbuchen, bravo! Das Glas ist halb voll! Und es ist immer halber achte (und die Kinder werden es deshalb eh rechtzeitig in die Schule schaffen). Passt schon, alles easy und immer im Kopf behalten, was einst ein überaus gelassener Beamter am Check-in-Schalter des mexikanischen Kleinflughafens sagte: If not today, maybe tomorrow. Yes, yes. Das wird ein gutes Jahr.

# Da bin ich mit meinem Latein schon am Ende

Während ich eben erst das Konzept der Good-Enough-Mother von Good-Enough-Kids entdeckt und für eklatant daseinserleichternd befunden habe, zeigt Amy Chua der Welt, dass einer wirklich guten Mutter niemals etwas gut genug ist, besonders nicht ihre Kinder. Chua bringt mit ihrem Buch »Battle Hymn of the Tiger Mother« (deutsch: »Die Mutter des Erfolgs: Wie ich meinen Kindern das Siegen beibrachte«) das Modell der »chinesischen Mutter« in die globale Erziehungsdebatte ein, und hallo, die würde nicht in der Zeugnisbesprechung sitzen und finden, es sei doch eh okay, wenn das Mimi eineinhalb Jahre vor dem Übertritt ins Gymnasium auf einer Eins und einer Eins und einer guten Zwei steht. Da würden daheim bei Chuas die Fetzen fliegen, da würde Grammatikdrill exerziert, bis das sitzt in dem Kind, Essensentzug und Kloverbot inklusive.

Mir fehlt es an Ehrgeiz, was die Förderung meiner Kinder betrifft. Rechtzeitig ins Bett zu gehen war das Einzige, was ich den Mimis bislang mit allem nötigen Nachdruck beibrachte, und zwar, damit ich meine Abende weiterhin in apathischer Ehrgeizlosigkeit verbringen kann. Das wirft kein gutes Licht auf mich, ich weiß schon. Wobei meine Ehrgeizlosigkeit vermutlich schon ein Produkt meiner glücklichen, von lieben, unterehrgeizigen Eltern versauten Kindheit ist, die letztendlich in einer sozialen Abwärtsspirale enden wird, die meine Ururenkel zurück auf die Bäume treibt, wo sie sich von den Läusen ernähren werden, die sie sich grunzend gegenseitig aus dem Fell picken. Ich ruiniere, lerne ich von Chua, die Mimis und ihre Zukunft mit meinem verantwortungslosen Laissez-faire. Indem ich sie, anstatt sie unermüdlich zu Supermenschen zu formen, ihre Nachmittage mit sinnlosem, ja, existenzgefährdendem Spielen verbringen lasse, verstelle ich ihnen schon als Achtjährige ein Dasein als angesehene Investmentbankerinnen, Immobilienhaie, Wirtschaftsjuristinnen, als bewunderte Finanz-, Justiz- oder Innenministerinnen. Mea culpa, mea maxima culpa.

Was übrigens der einzige lateinische Satz ist, den ich beherrsche. Und wenn wir uns nicht endlich um das bestmögliche Gymnasium für die Mimis kümmern, wird es denen nicht besser gehen. Obwohl, dafür ist es längst zu spät, das hätten wir wahrscheinlich schon bei der Wahl der Krabbelstube mitbedenken sollen oder als wir fahrlässig ignorierten, dass sie im Alter von drei Jahren weder lesen noch schreiben noch bruchrechnen konnten. Tja. Jetzt ist es zu spät.

Und so wie das im Moment aussieht, sind den Mimis alle Chancen, Großartiges zu erreichen, für immer zerstört und sie werden wie ihre Eltern zufriedene, ambitionslose Mittelfeldversager, die in Altbaumietwohnungen kreativ auf ihren Gitarren schrammeln, komisches Zeug schreiben und versuchen, nett zu sein.

Es tut mir leid, Mimis, das hab ich nicht gewollt.

# Der Schweinkram ist mir überhaupt nicht peinlich

Also es ist so. Ich habe ja diesen Roman geschrieben, »Gruber geht«, der ist jetzt erschienen, wurde besprochen und alles. Gut. Und es gab dieses Interview letzte Woche hier im Falter. Auch gut, bis auf eine Kleinigkeit, die mir aber wichtig ist. Weil der Titel von dem Interview lautete: »Der Schweinkram ist mir peinlich«, und das nun habe ich nie gesagt. Denn: Der Schweinkram ist mir nicht peinlich oder, wie der ungschamige Herr Rottenberg, der den »Gruber« gelesen hat, dankenswerterweise fragte: Welcher Schweinkram? Ja, es kommt Sex vor in dem Buch, weil es geht da um lebensfrohe Leute Mitte, Ende 30, und soviel ich weiß, hat man in dem Alter nebst anderem auch Sex. Natürlich könnte man sich, wie das Karl-Markus Gauß empfiehlt, über das Thema auch drüberpunkteln, finde ich aber feig. Egal. Es kommt also Sex vor in »Gruber geht«. Man kann auch »Schweinkram« dazu sagen, jeder, wie er will.

Jedenfalls. Der freundliche Falter-Fasthuber fragte in dem Gespräch, ob denn die Kinder auch zur Präsentation kämen. Ich sagte: nein; fragte er: »Den Schweinkram müssen Sie bei der Lesung also nicht weglassen?« Ich sagte: »Den lese ich sowieso nicht vor, das ist mir peinlich.« DAS ist mir peinlich: das Vorlesen von Sexszenen, ich bin schüchtern, nicht alles, was ich allein daheim in ein Buch hineinschreibe, lese ich auf einer Bühne vor Zuhörern auch gerne vor. Allerdings stand im Falter dann nicht, DAS sei mir peinlich, sondern: »… der ist mir peinlich.« Also quasi, wie es dann im Titel stand, der Schweinkram als solcher.

Und das ist nun, wie schon oben ausgeführt, einfach nicht der Fall. Ich weiß auch, wie so etwas zustande kommt, ich bin ja schon lange im Geschäft. Da stehen keine bösen Absichten dahinter, man sucht nach einem Titel, der nicht mehr als 35

Zeichen hat und den Leser in die Geschichte hineinzieht, das ist nicht einfach und, meine ich, mit diesem Titel sehr gut gelungen. Es mussten nur zwei Buchstaben verändert werden, das macht normal keinen Unterschied. Ich verstehe das, ist okay. Und dachte dennoch eine Sekunde darüber nach, ob der kleine Fehler nicht vielleicht deshalb entstand, weil der Falter, das Zentralorgan der verdrückten Katholiken, der Meinung ist, das sollte mir peinlich sein, und mir armen Sünderin deshalb gütig beim Beichten helfen und mich in seiner großen Güte vor der Abzweigung Purgatorium bewahren wollte.

Meine Mutter findet das sicher gut. Gegen meine ausdrückliche Empfehlung las sie mein Buch, und als sie bei der Hälfte war, sagte sie: »Nein, diese Ausdrücke. Diese Ausdrucksweise hast du aber nicht von daheim mitbekommen.« Und dass es halb so viel Sex auch getan hätte, und zwar mehr als nur. Sagen wir so: Es gäbe in der Literatur wesentlich weniger Schmutz und Schund, wenn die Schriftstellerinnen und Schriftsteller mehr auf ihre Mütter und Karl-Markus Gauß hören würden. Und auf den Falter.

## Schau, die hat auch ein Würdedefizit

Wo Colour-Blocking allerdings schon funktioniert – nein, nicht funktioniert, eine Notwendigkeit ist –: am Land. Man sieht irgendwie nicht gut aus, wenn man in den üblichen schwarzen Stadtfetzen zwischen all dem grünen Grün sitzt, hinter Omatassen auf buntkarierten Tischtüchern. Es wäre komplett wurscht, wenn jetzt nicht jeder in seinem Handy eine Superkamera hätte, mit der immerzu fotografiert und dann in Echtzeit auf Facebook gepostet werden müsste. Kaum macht man irgendwo ein deppertes Gesicht, schaut drein wie Oma Grieskoch oder lässt sich backstage bei »Willkommen Österreich« vom Rudi John dazu überreden, doch einmal auszuprobieren, wie schwer die Romy ist (»Na, schon gut«, »Doch, da halt sie einmal!!«, »Na, echt ni…., äh, ja, urschwer«) drückt schon einer ab, und zwei Minuten später können alle Facebook-Freunde darüber lachen, hahaha, schau, die hat auch ein Würdedefizit.

Ich verbringe meine halben Tage Leben damit, Markierungen von Fotos zu löschen, die mich in ungünstigen Situationen mit debilen Gesichtsausdrücken zeigen. Das ist nicht repräsentativ, bitte! Wenn ich einmal repräsentativ ausschaue, wird sofort nicht abgedrückt. Der daran mitgewirkt habende fesche Fotograf etwa stellte nach meiner Buchpräsentation im Rabenhof sogleich eine hübsche kleine Fotostrecke von diesem schönen Abend auf Facebook, lauter wirklich gelungene, herzerwärmende Fotos von meinem diesjahr wichtigsten Ereignis. Ich bin auf keinem davon zu sehen, auf keinem einzigen. Danke, sehr freundlich, wenigstens einer, der sich um meine Seele sorgt. Auch würde ich gern, wenngleich das jedem wurscht ist, keine digital ausgefransten falschen Histamatic-Bilder mehr sehen, ich habe jetzt wirklich sehr viele

Histamatic-Bilder angeschaut. Seit es iPhones und Foto-Apps gibt, ist ja jeder Fotokünstler und zielt auf alles, was sich bis drei nicht hinter einer Säule oder unter einem 100-Kilo-Kerl verstecken konnte. Und stellt dann auch alles gleich auf Facebook. (Und, ja, Facebook ist an allem schuld und damit ich selber, weil ich müsste ja gar nicht. Wenn ich nur Facebook nicht so dringend brauchen würde, inspirationstechnisch, dann, ja dann. Es könnte alles so einfach sein, iiiiist es aaaaber nicht.)

Am Land jedenfalls, um auf die Ausgangsbeschwerde zurückzukommen, am Land also sind Ausnahmen von der Contra-Colour-Blocking-Regel möglich. Ja, nötig, wie ich weiß, seit ich die Markierungen von den Fotos von den ausgiebigen, inmitten fetten Grüns durchgeführten Feierlichkeiten zum Muttertag gelöscht habe, weil ich darauf, neben all den schönen, in Pink, Orange und Violett strahlenden Müttern aussah wie Witwe Graugesicht beim Jahrgängerausflug. Am Land gibt's mich deshalb nun nur noch in radikalem Mustermix, blauweißrotgestreift und fliedertürkiskariert an glyciniengrüner Fleecejacke unter gelber Sonnenbrille. Davor scheuen auch die Fotokünstler zurück.

# Aber jetzt fängt ein neues Leben an

Vorsorgeuntersuchung, höchste Zeit, hat die Dr. Urban gesagt, ich habe einen Termin für dich, warte, Donnerstag nach Ostern, und davor gehst du Blutabzapfen ins Labor, und zwar nüchtern, zwölf Stunden davor nur Wasser. Nein, auch keinen Kaffee, und bedenke, dass vorheriger Alkoholmissbrauch durchaus einen Einfluss auf deine Leberwerte hat. Du willst ja nicht unbedingt ein oberösterreichisches Blutbild, oder? Habe ich mir also einen Tag für das Labor ausgesucht, den letzten möglichen Tag vor den Osterferien, habe davor 72 Stunden keinen Alkohol getrunken und wie befohlen zwölf Stunden nur Wasser, und hab auch sonst alles gemacht, was die Urbanin angeordnet hat.

Um sieben Uhr früh stehe ich full of no coffee in der Küche und richte Müsli und schmiere Weckerln, und die Kinder plappern auf mich ein, als stünden darauf nicht die allergrausamsten Strafen, und weil in der Jausenbox noch ein unberührtes Salamiweckerl von gestern liegt und es schad darum ist, esse ich das auf und dann noch ein Marmeladebrot, und dann sind die Kinder aus dem Haus, und ich dusche und ziehe mich an und mach mich auf den Weg ins Labor, und dann fällt es mir auf.

Und so etwas, sage ich zum Horwath und zur Horwathin, so etwas passiert doch definitiv immer nur mir, wem anderen, sage ich, während ich auf dem Horwath'schen Gartentisch den Gulaschlöffel ablege, wem anderen passieren solche Sachen einfach gar nicht. Aber wisst ihr was, sage ich und hebe darauf mein Bierglas, wisst ihr was, mir passiert so etwas jetzt auch nicht mehr, jetzt fängt ein neues Leben an, prost, aber leider werden wir von einem Kind unterbrochen, das angelaufen kommt, mit dem Festnetztelefon in der Hand. Da sei eine deutsche Frau dran, vom Radio, die wolle ein Liveinterview mit mir machen, wo ich denn sei. Verdammmich. Das ist jetzt nicht wahr. Ich hab mir das im Kalender notiert und im iPhone-Kalender und im Notizbuch, ich hab im Lauf der Woche per Mail Bescheid gegeben, dass ich wegen Funklochs besser am Festnetz zu erreichen sei, die ganze Woche und den ganzen Tag war mir dieses ausgemachte Sonntagabend-Radiointerview präsent, bis am Nachmittag um halb fünf, als der Horwath anmarschiert kam und sagte: Rüberkommen, gemma, bei uns gibt es Gulasch und Bier. Und wenn der Horwath zum Essen ruft, gehe ich essen, ich weiß, wann ich zu folgen habe.

Verdammmich!!!, brülle ich, reiße dem Kind das Telefon aus der Hand und klappere mit den Hölzlern im Laufschritt hinüber zu unserem Haus, dass es die Laufenten von der Nachbarin in alle Richtungen zerflattert, und genau in dem Moment, als ich es keuchend in den Empfangsbereich des Telefons geschafft habe, ist die Frau vom Sender dran und sagt, Gott!sei!dank!, Frau Knecht, da sind Sie ja, wir sind bereits live auf Sendung. Hhhhhh. So etwas passiert definitiv immer nur mir.

# Man wünscht sich, man hätte nicht

Man hört ja nie auf, seine Eltern zu enttäuschen. Fängt bei der Geburt an, hört nicht wieder auf. Man ist kein Mädchen, man ist nicht blond, man hat nicht die vorgesehene Hautfarbe, man ist zu zweit, man ist zu früh, derlei. Hat jetzt alles nichts mit mir persönlich zu tun, aber. Dann wird man größer, und es geht direkt weiter. Man schläft nicht durch, man kann nicht laufen, man zerstört wertvolle Dinge, man beißt andere Kinder, man isst nichts Grünes, man trägt nichts Rotes, man ist eine Zicke, man fürchtet sich vor kleinen Hunden, man trotzt, man weint wegen jedem Scheiß. Man will nicht in die Schule, man kann nicht gut lesen, man ist zu aggressiv, man ist zu weich, man verliert alles, man vergisst alles, man ist ein Träumer, all sowas. Man hat schlechte Noten. Man hat die falschen Freunde. Man raucht. Man kifft. Man wählt ÖVP. Man enttäuscht seine Eltern, auf jede erdenkliche Art.

Und wenn man dann alles überstanden hat, Kindheit, Pubertät, Jugend, wenn man das Elternhaus verlassen und sich eine eigene, autonome Existenz aufgebaut und ein selbstverantwortliches Leben geschaffen hat, wenn man hunderte von Kilometern entfernt 30 wird, 40 wird, eigene Kinder kriegt, eigenes Geld verdient: Dann hört es trotzdem nicht auf. Eltern zu haben heißt, sie zu enttäuschen.

Aktuell zum Beispiel versuche ich meinem Vater am Telefon zu erklären, dass ich seit Jahren kein Dokument mehr verloren habe, was zum Teil auch stimmt, wenn man jetzt einmal das Geldbörserl, das letztes Jahr in Kroatien verschwand, nicht als verloren betrachtet, sondern als gefladert.

Der Vater seufzt nicht einmal mehr: Er hat einem das alte Stangl-Puch, mit dem man mit 16 gefahren ist und das jahrelang zerlegt in seiner Werkstatt lag, in hunderten Stunden wieder zusammengeschraubt, geölt, poliert, einen neuen Sattel draufgemacht, Reflektoren angebracht und es auf einem Anhänger ins Waldviertel gefahren. Und er hat auf komplizierte Weise den verschwundenen alten Typenschein ersetzt, war dafür auf der BH und hat mit Magna Steyr telefoniert und war wieder auf der BH, und er hat ihn in ein Kuvert gepackt und der Tochter geschickt und die findet ihn jetzt, wo das Mopperl endlich angemeldet werden sollte, nicht mehr. Verschwunden. Weg.

Zwei Wohnungen auf den Kopf gestellt, einen Altpapiercontainer durchwühlt, bis man auf die Zeitungen aus dem 2009er-Jahr stieß: nix. Schlaflose Nächte: Man hat es wieder getan. Man hat wieder die Eltern enttäuscht. Man wünscht sich, man hätte nicht. Man wünscht sich, man hätte ein paar von den ordentlichen Genen der Vorfahren bekommen. Man wünscht sich deshalb auch, man wäre für einmal nicht schuld gewesen, aber dann … Lieber nicht. Weil falls dem peniblen Vater einmal passiert, was der schlamperten Tochter andauernd passiert, dann heißt das auch nichts Gutes. Besser die Eltern enttäuschen, solange es nur geht.

# Und dann kommt man in die Stadt zurück

Vielleicht sollte man mit der Selbstzerfleischung dann auch wieder einmal aufhören. Dann. Im Moment scheint es unmöglich: der Mond, der Saturn in Opposition mit Mars, ich weiß auch nicht. Ich stehe hinter einem Mikrofon im Phil und lese meinen Text aus »Brennstoff« vor, die Geschichte, wie ich einmal Joachim Lottmann nicht kennenlernen wollte, und das ist nicht leicht, denn Lottmann sitzt einen Meter entfernt und lauscht, womit beim Verfassen des Textes irgendwie nicht zu rechnen war und was meinen Vortrag nicht begünstigt. Zudem bin ich, vor Rubey, Lottmann und Schalko, die Erste, die liest, und während ein Teil des Publikums horcht, plauscht der andere munter vor sich hin, und dann passiert es, dann passiert es mir, ich brülle ins Mikrofon, GUSCH!, brülle ich, und es ist so peinlich, als wäre mir coram publico ein knatternder Wind entfahren. Es ist exzessiv überzogen, und ich weiß es sofort und lese den Rest meines Textes unter permanenter Transpiration und mit rotem Schädel. Das hat man wieder einmal gut hingekriegt. Man könnte sich.

Möglicherweise hängt der Ausbruch auch mit der Schufterei am Land zusammen. Man hackelt das ganze Wochenende, reißt Bäume aus, gräbt Löcher in die Erde, schleppt Glumpert herum, schlägt Pfosten ein, und dann kommt man in die Stadt zurück und wendet an Stellen, an denen das überhaupt nicht nötig wäre, zu viel Kraft an. Viel zu viel Kraft. Alle schauen: huidiwui, waswarndasjetz. Man fühlt sich, das ist jetzt auch überzogen, ein bisschen wie Musils Moosbrugger: Alles, was man jetzt angreift, geht kaputt. Man fühlt sich monströs in der Welt. Ungehörig. Man sollte vielleicht nicht mehr ausgehen, man sollte die Menschen meiden, man sollte sich irgendwo verkriechen, zum eigenen Schutz und zum Schutz aller anderen: zumindest an solchen Tagen.

Man sollte einen Solche-Tage-Melder eingebaut haben, der einen alarmiert und dann vor den »Tatort« setzt anstatt unter oder vor Menschen. Oder hinter einen Computer, wo man wohl hingehört, wo man die Wörter und die Lautstärke und die Temperaturen viel leichter regeln kann und korrigieren. Zu laut, zu wild, viel zu aggressiv, lösch es weg, schreib es leiser, zarter, zärtlicher. Vielleicht sollte man das Sprechen überhaupt weitgehend einstellen, nur noch schreiben. Das habe ich auch dem Steuerberater gesagt: Nicht komm am Sonntagnachmittag in den Garten, wo ich eben glücklich irgendetwas aus der Erde reiße, und sag mir, dass ich 6000 Euro ans Finanzamt überweisen muss, und zwar morgen. Schreib es mir wochentags in ein Mail, dann kann ich meinen Wutausbruch ganz allein performen, und niemand kommt zu Schaden, und ich müsste mich jetzt nicht zerknirscht bei dir entschuldigen. Ich würde das nämlich gern löschen, danke.

# Schreiben die manchmal verliebte SMSe?

Studiere gerade die Bilder vom letzten Rapid-Match. Die Vermummten auf dem Spielfeld. Interessant. Spooky. Diese Kerle leben unter uns. Was machen die sonst so? Wo arbeiten die? Wie wohnen die? Wie und nach welchen Kriterien kaufen die ihre Möbel? Haben die Sex? Wie sind die im Bett? Was wählen die? Schauen die heimlich Arztserien? Weinen die, wenn sie allein sind? Was ist ihre Lieblingsspeise? (Na gut, okay, das ist leicht.) Haben die Kinder, und wenn ja: Wie und was reden die mit denen? Diskutieren die mit ihrer Frau, in welche Schule die Tochter gehen wird? Haben die überhaupt eine Frau, eine Freundin? Und wenn ja: Was schenken die ihr zum Geburtstag? Können die kochen? Nach welchen Kriterien suchen sich die die Vorlagen für ihr Peckerl aus? Schreiben die manchmal verliebte SMSe? Schauen die heimlich »Dancing Stars«? Schauen die heimlich schwule Pornos? Wie melden sich die am Telefon? Sind unter den Vermummten auch Frauen? Warum nicht? Und wenn man ein Kind hat, das Fußball mag, wie erklärt man dem so was?

Und noch eine Frage: Kann man diese Trottel sozialisieren? Okay, auch hier bietet sich eine Antwort an: offenbar nicht. Das ist ja jetzt nicht zum ersten Mal passiert. Das gehört ja offenbar zur Rapid-Folklore, kann man nichts dagegen tun. Ist so etwas wie das letzte Leo, in dem man weitgehend unsanktioniert rassistisch und gewalttätig sein kann. Man werde, habe ich heute früh im Radio gehört, gegen jeden, den man auf den Fotos und Videobändern erkennen könne, entschieden vorgehen. Was offenbar heißt, dass die, nachdem sie sich ausgetobt haben, einfach vermummt aus dem Stadion hinaus und heimgehen, ohne dass sie jemand aufhält oder verfolgt. Ist das so? Interessant. Auch interessant, dass es in den Wiener Stadien offenbar Räume gibt, in denen die Hools ihre Wurfgegenstände und Feuerwerkskörper zwischenlagern können, damit sie dann während des Matches gut Zugriff darauf haben. Wer ist für derlei verantwortlich? Und wäre so was in, sagen wir mal, deutschen Stadien auch möglich?

Das Kind geht jetzt nicht mehr Fußball, eh schon länger, und wenn man das sieht, ist es einem total recht. Es will jetzt Karate lernen, und wenn man diese Kerle vor Augen hat, findet man das als Mutter tendenziell eine Spitzenidee und unterstützt das sehr gerne. Während man selber (Achtung, jetzt wird es erst richtig brutal) nun wahrscheinlich allmählich bereit wäre für Yoga. Innen in Ruhe, außen in Form, so in der Art. Die Frau mit den Healing Hands, die einem den Lumbago wieder weggezaubert hat (sie selber nennt es Osteopathie), findet das auch eine gute Idee. Andererseits: Was ist, wenn ich wirklich meine innere Ruhe finde? Wenn mich nichts mehr aufregt und ich mich nicht mehr aufpudeln will? Schon gar nicht öffentlich? Wenn ich plötzlich normal werde? Wovon lebe ich dann? Vielleicht doch noch mal darüber nachdenken, hm.

## Okay, in Wahrheit war es viel schöner

Kindergeburtstage sind jetzt einfach. Man schenkt den Kindern, was sie wollen, und sie verschwinden für Tage unter den Kopfhörern ihrer neuen iPods. Sie würden sie auch fürs Happy-Birthday-Singen und zum Geburtstagsessen nicht abnehmen, wenn ihre verkitschten, sentimentalen Eltern sie nicht dazu zwängen: Es ist euer Geburtstag! Lasst uns feiern! Die Mimis finden, dass es sich viel schöner und akustisch ansprechender feiern ließe, wenn man dabei Skero, den Fantastischen Vier, Gustav oder den dänischen Songcontestteilnehmern lauschen könnte statt dem langweiligen Geseier der alten Eltern, die langweilige Erinnerungen an ein ziemlich blutiges Ereignis hervorzerren, an das sich die Mimis weder erinnern können noch wollen. Mama, biiiitte.

Dafür ist man extra mitten in der Nacht von Salzburg zurückgefahren, wo man bei der Eröffnung des Literaturfestes las, um dann noch während der Veranstaltung zum Zug zu rennen, mit dem Hinweis, dass die Mimichens anderntags Geburtstag feierten und beim Aufwachen das Antlitz ihrer lieben Mutter zu sehen wünschten. Wünschten sie eh nicht, sie wünschten schön eingewickelte Packerln zu sehen und darin die verabredeten Geschenke, und sie wünschten den Kuchen zu sehen, den die Mutter (Wo ist das Schlagobers? Wieso gibt es kein Schlagobers?) vor Salzburg eilig gebacken, in rosa Zuckerguss getunkt, schön verziert, versteckt und dann um zwei Uhr früh auf dem Tisch platziert hatte, nicht ohne rundherum und oben drüber alle Insignien eines Kindergeburtstags zu verteilen und aufzuhängen.

Davor war ich mit Ryan Adams »Cherry Lane« (so ein guter Song, immer noch) im eigenen Kopfhörer zurückgefahren, und hatte mich noch ziemlich lange über die netten

Salzburger gefreut, die mir vor der Lesung in dieser doch recht einschüchternden Universitätsaula die Welle gemacht haben. Hej, das war super! Danke! Ich wachtle hiermit enthusiastisch zurück.

Und auch das Kindergeburtstagsfrühstück war in Wahrheit viel schöner als eben behauptet, bis auf die etwas störenden Kopfhörer alles angemessen rührend, man herzte sich und sang und blies Kerzen aus, die sich in strahlenden Kinderaugen spiegelten, ganz, wie es sich gehört. (Man bereitet sich nur seelisch schon einmal auf Geburtstage vor, von denen die Brut ohne Dank auf der Geburtstagsvespa Richtung weniger fader Gesellschaft abzischen wird.)

Und später, am Nachmittag, bekam man die Chance, die Kinder mit einem weiteren Geschenk zu erfreuen, und nutzte sie, indem man sich im Badeschiff beim Fleisch-Fotoshooting kurz vor dem – danke noch einmal, kam sehr gut an – eh urzuvorkommenden Herrn Skero um zwei Geburtstagsautogramme erniedrigte. Bevor man dann in einem langen, gelbweißen Kleid und mit Taucherbrille Fotograf Peter Rigaud umschwamm … Aber das erzähle ich vielleicht nächstes Mal.

# Da steht aber dein Name drauf

Die Mimis sind am Ende der dritten Klasse und die Frage »Welches Gymnasium?« beherrscht jede Eltern-Zusammenkunft. Welches Gymnasium??? Die Antwort »Mir ist das eigentlich wurscht« kommt dabei meistens mindergut an. Wie kann einem etwas derart Wichtiges wurscht sein?

Indem man, weil sich Schulen ihre Lehrer nicht aussuchen dürfen, in den angesehensten Eliteschulen nicht in der Hand hat, an welche Arschlochlehrer die Kinder geraten, während bei Anstalten unterdurchschnittlichen Rufs vielleicht die Lehrerin wartet, die die Mimis auf einen glücklichen Lebensweg ... Habe ich das schon einmal geschrieben? Nicht im Falter, glaube ich. Also, jedenfalls, ich hatte einmal einen Deutschlehrer, der hätte mich in der Oberstufe beinahe durchfallen lassen. Ich bin dann aber in Mathematik durchgefallen, wovon die Mimis leider kürzlich im Zuge der Durchsicht eines Ordners, dessen Inhalt sie nichts angeht, Kenntnis erlangten. Mamaaaaa!!!!! Das ist nicht mein Zeugnis. Da steht aber dein Name drauf! Jaja, okay, es ist meins. Und ja, ich bin durchgefallen.

Dieser Deutschlehrer war eine der schlimmsten Strafen meiner Adoleszenz. Er war bösartig und gemein. Einmal wurde mir bei einer Buchpräsentation in Wien eine Frau vorgestellt, und als ich ihren Nachnamen hörte, prallte ich zurück. Sie sagte, ich weiß schon, das passiert mir öfter, mein Onkel, ja. Wegen dieses Lehrers war Sitzenzubleiben eine der besten Umleitungen, die mir als jugendlich Suchende widerfahren konnte. Ich bin eine Anhängerin des Sitzenbleibens, ja sogar des Sitzenbleibens wegen eines einzigen Fünfers. Wäre ich nicht sitzengeblieben, wäre ich jetzt ... Keine Ahnung, aber dies hier bliebe Ihnen vermutlich erspart. Ich blieb also sitzen und bekam einen großartigen Deutschlehrer, der sah, dass ich faul war und aufsässig und eine Pfeife in Mathematik und dass ich merkwürdige Texte schreiben konnte. Und er fand, das gehöre gefördert und förderte mich; auf durchaus unkonventionelle Weise.

Das geschah im damals zweitschlechtesten Oberstufenrealgymnasium des Landes: Wenn man von dieser Schule flog, gab es nur noch eine schlechtere, die einen vielleicht aufnahm, aber eher nicht. Ich lernte an dieser Schule rauchen, trinken, zu spät kommen, Lehrer hassen, Lehrer austricksen, ein paar interessante Kerle kennen, nicht Gitarre spielen, nicht Klavier spielen, schwänzen, Literatur zu lesen und dem bisschen Talent, das man hat, zu vertrauen. Und mit Sturheit und Konsequenz daran zu arbeiten. Und: Ich lernte, dass es von einem einzigen Lehrer und dessen Intelligenz und Einfühlungsvermögen abhängen kann, wohin ein Kind sich entwickelt.

Die Schulen dürfen sich ihre Lehrer immer noch nicht aussuchen. Der bösartige Deutschlehrer unterrichtet offenbar immer noch. Mir ist es ziemlich wurscht, an welches Gymnasium die Mimis gehen werden.

# Das würde die Schönheit vervollkommnen

Die Horwathin hatte Geburtstag. Da hat der Horwath beschlossen, seiner Frau einen alten Wunsch zu erfüllen. Weil immer sitzt die Horwathin im Garten (also, wenn sie einmal sitzt, meistens kniet sie in einem ihrer Blumenbeete, was deren Unvergleichbarkeit jetzt zum Beispiel mit meinen erklärt), schaut sich das Haus an und den Hof, den rankenden (obwohl die Ritter mein Gemüsebeet kürzlich ob seiner ordentlichen Gejätetheit ein »Spießerbeet« hieß, Oida) Wein und die Rosen, die Kinder und die Hendln und sagt: Ein Pfau wär noch schön, der Pfau würde herrliche Pfauenräder schlagen, das würde die Schönheit meiner Umgebung praktisch vervollkommnen.

So entschied der Horwath: Heuer bekommt die Horwathin ihren Pfau. Also zwei, weil Pfaue sind Paartiere. Also eigentlich sind sie Vielweiberer, aber übertreiben wollte es der Horwath dann auch nicht, weil: Die schreien ja, die Pfaue. Es sind wegen schreiender Pfaue schon viele nachbarschaftliche Freundschaften zerbrochen. (Aber wir sind zum Horwath ja keine direkten Nachbarn, also ist es uns wurscht. Also war es uns wurscht.)

Der Horwath recherchierte und fand einen Pfauenzüchter in Kärnten. Das war ihm aber doch zu weit. Dann fand er einen in Melk, den rief er an und erkundigte sich nach einem Pfauenpaar. Ja, er habe eins, sagte der Händler. Was????, sagte der Horwath, JA, ER HABE EIN PAAR!!!!, brüllte der Händler in das ihn umgebende Gekreische hinein. Aha, sagte der Horwath, ob es das sei, das er gerade höre? Nein, sagte der Händler, das seien andere. Der Horwath nutzte eine kurze Abwesenheit der Horwathin und fuhr nach Melk und spazierte hernach, Pfauenfeder am Hut, in unseren Garten hinein.

Die Pfaue gewöhnten sich gerade an ihr neues Zuhause; die Hendln seien ob der Pfauerei ein wenig inkommodiert, aber das gebe sich schon. Wollten wir uns die Pfaue ansehen? Wir wollten.

Wir spazierten hinter dem Horwath in den Horwath-Hof hinein. Von den Hendln war keines zu sehen, aber Herr und Frau Pfau stoben davon, als sie unser ansichtig wurden. Wir setzten uns auf die Bank, um uns die Pfaue anzusehen und uns Namen für sie auszudenken. Waterloo und Robinson, Skopik und Lohn, Modern und Talking, Cindy und Bert, als Bert auf das Dach des Hühnerstalls flatterte, von dort auf die Mauer und von dort in die Freiheit.

Der Horwath spurtete los, zum Tor hinaus, dem Bertl hinterher. Wir blieben zurück und schauten Cindy zu, die sich hinten beim anderen Tor versteckt hatte. Das Tor hat unten einen schmalen Spalt, den wir bemerkten, als Cindy ihn zur Flucht nutzte. Wir sahen gerade noch, wie Cindy auf den Tisch der Laube sprang und aufs Dach des Nachbarhauses flog. Dann war sie weg. Bert auch. Die Horwath'sche bekam zu ihrem Geburtstag eine herrliche Pfauenfeder, immerhin. Hoch soll sie leben.

# Wo haben Sie denn Ihre Burg?

Das war also die Geschichte von den Pfauen vom Horwath, die der Horwath der Horwathin zum Geburtstag schenken wollte und die abpaschten, bevor die Horwathin ihrer ansichtig wurde. Sie waren ein schönes Paar gewesen: der blaue Bert und seine elegant graumelierte Frau, die Cindy. Der Horwath ist ohne die Geschenkspfauen nach Wien gefahren und hat der Horwathin zum Geburtstag die Geschichte von ihrem Geschenk erzählt. Die Horwathin hat gelacht. Es ist übrigens nicht wahr, was im Dorf erzählt wird, dass die Mimis die Pfauen gejagt und solcherart verscheucht haben: Die Pfauen waren ja ganz frisch im Hof vom Horwath, und seien wir ehrlich, sie hätten, so habe ich's jedenfalls hinterher auf »www.pfauenforum.de« gelesen, erst einmal ein Zeitl eingesperrt und von ihrem neuen Besitzer gehätschelt und angefüttert gehört, plus der Horwath hat komplett unterschätzt, wie hoch so ein Pfau fliegen kann. Der Horwath hätte vielleicht die Frage des Pfauenhändlers ernster nehmen sollen, wo er denn seine Burg habe. Wieso Burg? Darum. Zu spät.

Beziehungsweise nicht. Am Abend darauf hat mir der Horwath ein SMS geschickt: Der Pfau sitzt am Dach vom Nachbarstadl und singt alle drei Minuten ein traurig Liedchen. Na da schau her. Und ja, es war zweifelsfrei der Bertl, der verzweifelt nach der Cindy rief, die allerdings blöderweise Richtung Wald a.k.a. Richtung Fuchs geflüchtet war. Der Bertl rief die ganze Nacht und übersiedelte anderntags auf das Dach von Künstlers, mit oder ohne die freundliche Unterstützung des Bauern, der auch ein Gewehr besitzt. Nichts Genaues weiß man nicht, aber der Pfau blieb erstmal dort am Dach und im Hof von Künstlers wohnen, die kein Gewehr haben.

Wir haben uns mächtig abgehauen und jedem die lustige Geschichte vom Horwath-Pfau am Künstlerdach erzählt, bis zum Wochenende, als uns bewusst wurde, dass das Künstlerdach exakt vis-à-vis von unserem Schlafzimmerfenster errichtet wurde bzw. umgekehrt. Wir lernten: So ein Pfau braucht nicht viel Schlaf. Der Pfau ist ein entschiedener Frühaufsteher. Er unterhält sich gerne mit den ersten frühen Vögeln, den Amseln und den Meisen, mit dem Unterschied, dass er ein Alzerl lauter zwitschert.

Um halb fünf fing der Bertl an, nach der Cindy zu rufen, das war noch ganz schön, eigentlich, so ein melancholisches, aber doch auch optimistisches Zweitonrufen alle paar Minuten, im Prinzip musikalisch sehr ansprechend, wenn man dazu nicht unbedingt schlafen will. Leider antwortete Cindy nicht, und so gegen fünf wurde der Pfau sehr traurig und fing fürchterlich an zu weinen, und weinte dann so bis halb acht. Das macht er jetzt jeden Morgen. Der Horwath hat ihn einmal gehört und hatte dann plötzlich keine Zeit mehr, sich um die Pfauenjagd zu kümmern. Sollte er besser, denn bei Amazon gibt es Steinschleudern schon ab 5,90 Euro, ich habe schon gegoogelt.

# Das kann einen Mann schon am Jagen hindern

Am Freitag bin ich hinüber zu Künstlers, die uns mit ihrer heimlichen Heirat überrascht haben: Meinen allerherzlichsten Glückwunsch zur Vermählung, ihr Spießer! Möget ihr immer etwas zu reden, zu streiten und am Hof umzubauen haben und zusammen glücklich bleiben, bis dass der Tod euch scheidet oder es der Gattin im Waldviertel wieder zu einsam wird. Apropos, weil wir gerade davon reden, der Pfau. Der Bertl.

Wir saßen in Künstlers schönem, grünem Innenhof, Künstler hatte mir ein Stück Hochzeitstorte kredenzt und von Hand Kaffee gemahlen und aufgesetzt. Der Kuchen war gut. Und während wir so an der warmen Wand saßen und über den Pfau sprachen und seine Weckrufe, und wie ich so sagte, der Pfau sei im von unserem Schlafzimmer weit entfernten Gehöft seines ursprünglichen Besitzers sehr viel besser aufgehoben, und wie so der Künstler sagte, na, ihn und die Künstlerin störte der Pfau eigentlich gar nicht, da wurde mir auf einmal klar: Die haben den Bertl liebgewonnen. Na, klar, der Pfau wohnte ja jetzt schon seit mehr als zehn Tagen bei Künstlers, seit er in das Horwath'sche Gehöft gebracht worden und nach nur einem Stündchen in seinem neuen Heim abgeflattert war, und dem Horwath war danach von krankem Kind bis hinichem Auto alles dazwischengekommen, was einen Mann an der Pfauenjagd zu hindern vermag. Der Pfau schlafe, sagte der Künstler, nachts am Dach, aber tagsüber hüpfe er, und Künstlers Stimme klang liebevoll, vom Dach herunter und spaziere still und zufrieden durch den Hof und die anliegenden Ländereien, schaue mal kurz ins Atelier hinein, schlage hin und wieder, er habe davon Fotos, ein Rad, picke auf, was die Natur und die Jahreszeit ihm bereitlege und gebe den ganzen Tag keinen Ton von sich, außer ein leises, zufriedenes Gurren dann und wann. Wo ist er jetzt eigentlich? Irgendwo da hinten.

Und wie der Künstler so vom Bertl sprach, mit leuchtenden Augen, da musste ich ihm zustimmen: Der Pfau war bei ihm und der Gattin eigentlich gut aufgehoben. Die sind die ganze Woche da und haben keine Hühner, die der Pfau paralysieren kann, und dass uns am Wochenende sein Geschrei weckt … na gut. Hhhhmmm. Wir tranken den Kaffee und schauten in die Hügel. Und was hast du heute noch vor?, fragte der Künstler. Ich habe eine Lesung, sagte ich. Ach so, wo?, sagte der Künstler? In Köln, sagte ich.

Wie ich später beim Boarding am Flughafen saß, bekam ich ein SMS: Der Randalierpfau sei gefangen, hier der Beweis: ein Foto vom Horwath im hohen Gras, mit seinem Pfau im Arm, etwas gerötet und gezeichnet von der Pfauenjagd, aber auch ganz stolzer Besitzer. Irgendwo weit dahinter, die eigentliche Besitzerin, die Horwathin. Nirgends die Künstlers. Der Bertl wohnt jetzt im Horwathstall und heißt nun Archibald, und als ich zurückkehrte, war es ganz still in der Früh.

## Wo lassen die anderen ihre Kinder flicken?

Der WDR hatte mich eingeladen, in Köln live im Radio zu lesen. Ich sagte zu und übersah dabei, dass die Lesung an einem langen Wochenende stattfand. Ich fuhr also mit dem Auto aus dem Waldviertel eineinhalb Stunden nach Schwechat, flog nach Köln und fuhr mit dem Taxi in ein Hotel. Dann fuhr ich mit dem Taxi in das Radiostudio, las dort, fuhr mit dem Taxi wieder ins Hotel, übernachtete, nahm ein Taxi zum Flughafen, merkte dort, dass mein Wien-Flug gecancelt war, flog von Köln nach München, flog von München nach Wien, und fuhr dann mit dem Auto wieder eineinhalb Stunden ins Waldviertel. Die Lesung in Köln hat eine knappe Stunde gedauert. Ich habe ein paar nette Menschen kennengelernt, ein paar Bücher verkauft und einen ökologischen Fußabdruck ungefähr von der Größe des Waldviertels hinterlassen, in dessen Mitte ich danach völlig erschöpft meine biologischen Arche-Noah-Tomaten und den fünffärbigen Reinsaat-Bio-Mangold mit Regenwasser goss.

Das passte perfekt in diese Woche der Deplatziertheit. Es gibt nämlich übrigens, wie ich nun weiß, doch eine noch unangenehmere Art, geweckt zu werden, als von Pfauen und davon, dass um drei Uhr früh zwei Polizisten durch das eigene Schlafzimmer marschieren. Denn eins der Mimis war seines Blinddarms überdrüssig geworden und musste operiert werden, also legte sich die Mutter, die selber noch immer an mildem Hospitalismus infolge eines im Alter von fünf erlittenen vierwöchigen Krankenhausaufenthalts mit furchtbaren Elternbesuchszeiten laboriert, mit dem armen Kind ins AKH.

Darüber gibt es unter anderem zu berichten, dass sich dort in der Kinderchirurgie fast nur Patienten mit Migrationshintergrund behandeln lassen. Wo lassen die anderen Wiener ihre Kinder flicken, wenn denen etwas zustößt? Und warum gehen sie nicht ins AKH? Ich verstehe es nicht, weil das Kind dort extrem gut und liebevoll betreut wurde, sowohl medizinisch als auch sozial. Zum Beispiel sprachen alle Ärzte und Schwestern nicht, wie das an vielen anderen Stellen üblich ist, mit der Mutter, sondern befragten und informierten immer freundlich das Kind, das sich darob sehr ernst und wichtig genommen fühlte, kichernd in den OP verschwand und den Spitalsaufenthalt unter »sehr nett« verbuchte.

Die Mutter dagegen war nach zwei Tagen und zwei Nächten im Sechserzimmer nicht unfroh darüber, nachhause zurückzukehren. Unter anderem, weil es, wie ich hiermit zur Kenntnis bringen kann, keinen geeigneten Gesichtsausdruck für eine Begleitmutter gibt, die um acht Uhr früh schnarchend, zerzaust, verschwitzt und nur mit leopardengemusterter Unterwäsche bekleidet in einem Krankenhausbett von Ärztinnen und Ärzten wachgestarrt wird, während das Kind offenbar seit Stunden heimlich fernsieht. Ich entschied mich spontan für ein betretenes Grinsen, das nicht erwidert wurde. Dem Kind geht es wieder bestens, danke.

# Ich gehe einfach nicht mehr in die Küche

Ich habe den Mimis gesagt, Folgendes: Es gibt jetzt im Sommer nur noch einmal am Tag warmes Essen. Die Kinder haben mich so angeschaut. Wie jetzt. Was soll das heißen: einmal am Tag. Darf man das überhaupt? Ich habe gesagt, erstaunlicherweise ja, es gibt ab jetzt also entweder Mittagessen und am Abend eine Jause oder Abendessen, und zu Mittag könnt ihr ein Honigbrot haben und Äpfel. Zu nix dazu? Genau.

Die Sache wird nach zwei Wochen Kroatien mit den Horwaths nicht unbedingt einfacher zu vermitteln. Obwohl es, wenn man mit dem Horwath ein Haus teilt, auch nicht zweimal am Tag warmes Essen gibt. Sondern dreimal. Oder viermal, weil der Horwath nach neun Jahren Vaterschaft noch immer das auch von den Mimis vehement eingeforderte pädagogische Konzept vertritt, dass man zu seinem Kind niemals Nein sagen und ihm nie einen Wunsch abschlagen darf. Wollen die Kinder, nachdem man gerade sieben frisch gefangene Branzinen direkt vom Fischer gekauft hat, lieber Pizza, kriegen die Kinder Pizza.

Ich habe längst aufgehört, in solchen Situationen Einwände zu formulieren, weil der Horwath so etwas nicht einmal ignoriert: Wer ist eigentlich die unangenehme Frau, die mit ihrem Geseier allen so unwahrscheinlich auf den Geist geht? Mache ich nicht mehr. Habe ich schon vor zwei gemeinsamen Urlauben aufgehört. Ich gehe einfach nicht mehr in die Küche und freue mich dann über vielfältiges Abendessen aus Salami-Pizza und Fischen vom Blech mit Rosmarinerdäpfeln und Fisolen. Schmeckt super, Horwath.

Aber jetzt sind wir wieder allein in unserem eigenen Haus, und ich empfinde gegenüber den Vorgängen rund um die Nahrungsaufnahme einen akuten Unwillen. Ich will nicht nur nicht mehr jeden Tag kochen. Ich will auch das Essen nicht immer so zelebrieren. Ich würde jetzt manchmal gerne wieder wie früher leben, wo das Abendessen auch einmal aus einem kalten Frankfurter aus dem Kühlschrank bestand, das man im Vorübergehen verspeiste, oder einem fetten Radl Salami und einem Brocken Käse. Einer Dose Sardellen mit altem Brot, einer aufgerissenen Semmel mit dick Butter und Marmelade hineingeschmiert oder, was man sich seit Jahren aus Stilgründen untersagt, fünf Toasten mit Dosenjagdwurst, während man im Internet herumsurft und sich die fettigen Finger an der Hose abstreift.

Ich würde einfach gern mal wieder eine Zeitlang nicht mehr so viel Wert aufs Essen legen, einfach etwas gegen den Hunger einschieben, nicht immer jede Mahlzeit so feiern, nicht mehr jeden Tag dreimal schön kochen, dreimal den Tisch schön decken, schön Beilagen aufhäufeln, schön speisen, schön konversieren, abräumen, abwaschen. Einfach nur verpflegen, im Vorübergehen, komplett asozial. Wann gibt es heute Essen? Dann, wenn du dir was aus dem Kühlschrank nimmst. Und ja, manchmal darf man das.

# Lass uns keine Freunde bleiben

Zwanzig Jahre lang war ich mit L. befreundet, und vor drei Wochen hat sie mich wegen anhaltenden deppert Daherredens auf Facebook entfreundet. Nicht dass jemand, der 20 Jahre mit mir befreundet ist, nicht eigentlich wissen sollte, dass ich ein Schandmaul bin, und sich mit meiner Deppertheit irgendwie arrangiert haben sollte, aber. L. lebt seit ein paar Jahren in London und hat sich dort einen Lord gefunden. Als ich sie zum letzten Mal traf, sagte sie, mit dem Lord sei alles wunderbar, aber sonst sei sie fix und fertig und mit den Nerven am Ende, wir hätten keine Ahnung, wie anstrengend ihr Leben sei, sie suche gerade nach einer 6-Zimmer-Wohnung in der Innenstadt. Ah, toll, aber warum sei sie so fertig? Sie suche gerade nach einer 6-Zimmer-Wohnung in der Innenstadt. Ach so.

Jetzt haben sie die Wohnung gefunden, ein Loft mit Blick auf die Themse, sie haben keine Kinder und keine Geldsorgen und viel Zeit. Aber eine Menge Ärger mit Personal u.a., und das ist es, worüber L. ihre Freunde auf Facebook nun täglich informiert. So in der Art, dass die Handwerker ein Loch in die Foyerwand gebohrt haben und es erst am Nachmittag wieder zuspachteln, und sie nun nicht weiß, wie sie volle 1,5 Stunden diesen grauenhaften Anblick ertragen soll. Dass der Pöbel vor dem Haus ihr mit seinem Herumgelache die Vormittagsruhe raube. Dass die Langusten im Tiefkühler nicht abnippeln wollen, obwohl der Hummerhändler es ausdrücklich versprochen hat. Dass sie nicht mehr ein noch aus weiß, weil die Putzfrau schon wieder ihre Schuhe falsch geordnet hat: Es gehört Weiß, Creme, Nude, Pink, Rot, nicht Weiß, Creme, Pink, Nude, Rot, ist das wirklich derart schwer zu begreifen???

Kann sein, dass mir die eine oder andere sarkastische Bemerkung entfuhr, und gut, einmal schrieb ich, dass ich physisch und psychisch am Ende sei, weil ich wegen L.s Sorgen nicht mehr schlafen könne. Das fand L. nicht witzig, und dann waren wir plötzlich keine FB-Freunde mehr. Na geh.

Ich bin mir nicht sicher, ob man, wenn man bei Facebook als Freund entfernt wird, im richtigen Leben weiter befreundet ist. Ist man? Gibt's dafür ein Regelwerk? Ich beschloss erst einmal, die virtuelle Entfreundung im Realen zu ignorieren und schickte L. zum Geburtstag das übliche freundliche SMS. Sie schickte mir ein Freundliches zurück. Ich dachte, aha, das eine hat mit dem anderen also nichts zu tun. Und fand dann: Hat es aber doch. Ist es Freundespflicht, stets zu akklamieren oder minimum lieb die Pappn zu halten? Oder eher das Gegenteil? Eine andere Freundin sagte einmal, dass ihre Freunde ihr nicht zwingend auch sympathisch seien. Ja, das Problem kenne ich. Ständig ist in meinem Freundeskreis jemand nicht meiner Meinung, lacht mich aus oder widerspricht mir gar. Sehr lästig das.

Auf Facebook erledigt man so ein Problem mit einem Tastendruck, und manchmal wirkt er bis ins richtige Leben hinein.

# Du erkennst den Geruch, und er erkennt dich

Jetzt genügen schon zwei Tage bei den Eltern im Aufwachshaus, in einem Kinderzimmer, das schon seit Jahrzehnten keinen Hinweis mehr auf dich enthält, um dich zu verwandeln: in eine schlechte, missratene Tochter und eine miese Mutter, die niemals Kinder hätte haben sollen, weil sie davon eindeutig überfordert ist.

Nicht, dass die Eltern das sagen. Nicht, dass sie dir das Gefühl geben, nicht, dass sie es auch nur denken: Aber es lauert hier irgendwo. Es steckt in diesem Ort und in dir. Es war immer schon da, du hast nur so getan, als wäre es anders, als wärst du wer anders, hast dich gegen die Fakten gestemmt und Tatsachen und Beweise für ihr Gegenteil geschaffen oder das zumindest geglaubt, hast dich in einer anderen Stadt, einer neuen Umgebung, in sorgfältig aus Fremden entfernter Herkunftsorte zusammengestellten Wahlfamilien neu erfunden, neu definiert und als eine ausgegeben, die du, wie du jetzt wieder weißt, nicht bist. Denn die Matrix des Herkunftsortes und des Elternhauses ist unbestechlich. Sie vergisst nicht.

Du kommst an den Ort, du betrittst die Räume, du erkennst den Geruch, und der Geruch erkennt dich und nimmt dich an, und du bist wieder, wer du warst. Wer du bist, offenbar, hinter deinem eigenen Rücken. Du bist wieder zwölf, fünfzehn, siebzehn, neunzehn, ein Idyllensmasher, jemand, der es besser könnte, wenn er sich nur ein bisschen anstrengen würde, jemand, der nicht dazupasst, jemand, der alles kaputtmacht (und es bricht, kaum setzt du dich darauf, auch prompt der Sessel unter dir zusammen, der den Vater seit Jahrzehnten ohne ein Ächzen getragen hat), eine, die schon sehen wird, was mit ihr passiert und wo sie landen wird, wenn sie so weitermacht.

Jajajaja, das ist alles maßlos übertrieben. Das ist überhaupt nicht so. Deine Familie wüsste jetzt gar nicht, wovon du überhaupt sprichst. Alle sind nett zu dir und freuen sich, dass du wieder einmal da bist. Du bekommst zu viel zu essen und darfst von morgens bis abends Prosecco trinken, bis es dir Löcher in die Magenwände ätzt. Aber es ist da. Es materialisiert sich, kaum, dass du die Tür hinter dir geschlossen hast: Da bist du ja wieder; hab ich dich. Die Möbel verschwören sich und du siehst in den Spiegeln, in denen du dich schon mit acht und dreizehn und siebzehn gesehen hast, anders aus als in Spiegeln, die dich nicht schon als Kind kannten, und die hier sagen: Na, hallo, eigentlich hast du dich gar nicht verändert.

Und die Wände: Aha, du also wieder, was machst du immer noch hier, geh in dein eigenes Zuhause, du störst die Harmonie, du hast hier nichts mehr verloren. Du gehörst hier nicht mehr her. Morgen um 8.11 Uhr geht ein Zug, nimm den doch, steig ein und fahr heim. Und das tust du, fährst heim, gehst durch deine Tür, da bist du wieder und bist wieder, wer du geworden bist, und daheim und passt schon, alles o.k., passt.

# Ich schicke einfach eine Protestnote

Scheiße, gar nicht gut. Ich wollte eben mit dem Fisolenspitzeln anfangen. (Fisolen: Das Eins-A-Anfängergemüse, Stangenfisolen vor allem, ist unbedingt und allerwärmstens zu empfehlen, idiot-gardening-technisch. Steckt man im Frühling – bei übergehendem Mond! Unbedingt bei übergehendem Mond! Sonst wickeln sie sich nicht hoch, sagt Mutter – in die Erde, und im Sommer pflückt man täglich zwei Kilo von den Stangen, zum Teil auf der Leiter. Sind auch ein schöner Sichtschutz, wenn man Nachbarn mit fragwürdigen architektonischen Vorstellungen hat.) Ich denke nicht, dass ich das schaffe, diesmal nicht. Ich muss jetzt Fisolen spitzeln, abwaschen, aufräumen, Wäsche abnehmen, Wäsche aufhängen, Tische herumrücken, Mangold ernten. (Mangold: auch sehr gut. Wächst wie Unkraut und ist, in der fünffärbigen Variante, vielleicht das attraktivste Gemüse überhaupt, das perfekte Color-Blocking-Gemüse, rot, pink, orange, gelb und weiß, und mit bisschen Knoblauch in Olivenöl gebraten durchaus genießbar.)

Duschen, Haarewaschen, Erwerbsschreiben, Ribiselkuchen backen, was halt so anfällt, wenn man am Abend acht Leute zu Gast hat. Tisch decken, umziehen, ein paar Jahre aus dem Gesicht malen und jeden Hinweis darauf, dass man einen fucking anstrengenden Tag hatte. Der akut nicht besser wird durch den Umstand, dass man irrtümlich in die Mailbox geschaut und darin eine Mail der Falter-Verbindungsoffizierin gefunden hat, die in Versalien anfragt, wo denn die Kolumne bleibe, das Layout werde bereits nervös. Welche Kolumne, was, wieso, ist doch erst Freitag. Ja, aber Freitag ist diesmal Montag, weil Feiertag und alles, ich habe doch das Mail gekriegt. Welches … ah. Hm. Ja, stimmt, habe ich, aber ich habe es großzügig ignoriert, weil Freitag kann ich nicht, Freitag habe ich acht Leute zum Essen, da habe ich anderes zu tun, das wird diesmal nichts mit der Kolumne, tut mir mächtig leid.

Ich werde einfach so tun, als hätte ich das Mail nicht bekommen, allgemeiner WWW-Zusammenbruch in Niederösterreich, was weiß ich. Erscheint die Kolumne halt einmal in zehn Jahren nicht. Ich könnte es als Protest tarnen, weil ich immer noch dieses geschissene Kolumnenbild ertragen muss, trotz Bittens und Bettelns und obwohl meine Haare mittlerweile einen Meter länger sind und meine Nase operiert ist, während andere in der Redaktion sich nur einen Schnurrbart wachsen zu lassen brauchen und gleich neu gezeichnet werden. Das mit der Nase stimmt nicht, trotzdem, ich schick denen einfach eine Protestnote, dass ich mich wegen fortgesetzten Nichternstgenommenwerdens gezwungen sehe, diese Kolumne für einmal zu bestreiken, die müssen sie dann einhängen, in 18-Punkt-Schrift. Ich werde das Telegramm an den Falter schicken, ich habe ja offiziell kein Web. Wie schickt man gleich nochmal ein Telegramm? Das wird auch nichts. Na, wurscht, bleibt's diesmal halt leer.

# Alice Schwarzer kennt sich da nicht aus

Ich bin offenbar circa der einzige Mensch im deutschen Sprachraum, der Charlotte Roche und ihr Buch mag. Findet das sonst niemand voller Witz? Lacht niemand mit mir über die gründliche, gut-jungdeutsche Befindlichkeit, über die sich Roche lustig macht? Findet keine andere, dass sie den Alltag modern und korrekt sein wollender junger Mütter sehr scharf beobachtet, mit all den ideologischen und politischen Fallen, mit all den Dingen, zwischen denen man sich entscheiden muss, und mit all dem Druck, unter dem man steht?

Alle sehen immer nur die Würmer wuseln, und gut, da und dort und dort hätte ein entschlossener Rotstift nicht geschadet. Aber es zeigt sich wieder einmal: Wenn Männer etwas Ekelhaftes oder Gewalttätiges beschreiben, ist es interessant und mutig, wenn Frauen es tun, ist es ekelhaft und aggressiv. Weil Frauen die ironische Distanz zwischen Sein und Kunst ja offensichtlich nicht gegeben ist, die können da ja von Natur aus nicht abstrahieren, und deshalb kann das höchstens immer nur unfreiwillig komisch oder überraschenderweise gelungen sein.

Ich lese auch immer, dass »Schoßgebete« ja viel sei, aber sicher keine Literatur. Wenn ein junger deutschsprachiger Schriftsteller nach dem anderen mit seinen Urlaubsabenteuern Bücher vollschreibt wie weiland Volksschulhefte mit Meinschönstesferienerlebnis, dann sagt niemand, wie es korrekt wäre: Also, übrigens, das ist eigentlich keine Literatur, das nennt man Reportage. Nein, dann erfindet man einfach schnell einmal eine neue Gattung, Doku-Roman oder so, und schon passt alles. Aber Charlotte Roche: Na, Literatur ist das bei Gott nicht. Irgendwie ist das alles ein bisschen frauenfeindlich.

Ich habe überhaupt selten so viel Frauenfeindliches gelesen wie jetzt im Kontext mit Charlotte Roche und wie eine Frau über das Leben schreiben soll. Und wie nicht. Unter anderem von Alice Schwarzer, die es nicht gern hat, wenn eine schlaue junge Frau vergisst, dass sie Alice Schwarzer alles zu verdanken hat. Deshalb muss Schwarzer ihr gleich einen total dummen offenen Brief schreiben und auch ein bisschen von der Debatte profitieren. Man war ja mal befreundet, ne.

Mir geht's wie Charlotte Roche, ich wäre froh, wenn Alice Schwarzer zwischendurch einfach auch einmal die Klappe hielte. Gegen Chauvinismus sein, aber für die BILD arbeiten. Nie ein Kind, nie einen Mann, vielleicht nie Sex mit einem Mann gehabt haben, aber immer genau wissen, wie das geht und wie man das zu machen und wie man da zu leben hat. Aber es tut mir leid, das sind nun einmal ein paar von den Sachen im Leben, wo einen auch die umfassendste Theorie nicht zum Besserwissen in der Praxis legitimiert. Nur wer Kinder und Heterosex hat, weiß, wie das ist, und wer's nicht hat, hat keine Ahnung und soll dazu nicht das Maul aufreißen. In diesem Fall: Roche ja, Schwarzer nein, so einfach.

# Aber du reißt dich diesmal zusammen

Das Mimi sagt, es hat da was mit einem Zahn, ich soll jetzt endlich den Zahnarzt anrufen und einen Termin ausmachen. Hat es mir das übrigens nicht schon letzte Woche gesagt? Ja, hat es. Und warum gibt es dann immer noch keinen Termin? Naja, vielleicht weil Zahnarztbesuche mit dir nicht zu meinen bevorzugten Hobbys gehören.

Zahnarzttermine verlaufen so: Die Mutter macht nach einem halben Jahr oder der dritten Aufforderung einen Termin aus. Die Tage vor dem Zahnarztbesuch sind ausgefüllt mit Verhandlungen über die Belohnung, die auf einen Zahnarztbesuch steht, und nein, Pokemon-Karten kriegten wir schon das letzte Mal und außerdem interessiert uns das nicht mehr, wie wär's mit einem Netbook? Ja, eh, es setzt, bei mutterschonendem Betragen, je ein Littlest-Pet-Shop-Viech, mehr ist nicht drin. Zwei. Okay, zwei, aber du reißt dich diesmal zusammen. Sicher! Die Mutter besorgt die Viecher, packt sie zusammen mit den Nintendos in die Tasche, holt die Kinder vom Hort ab und fährt mit ihnen zum Zahnarzt. Die Mimis sitzen gelassen in der Bim und raten, was für Littlest Pets es werden könnten und was die Mutter zu erleiden hat, falls man die schon hat. Die Praxis wird betreten, man plaudert mit der Ordinationshilfe und setzt sich dann ins Wartezimmer, wo die Mimis sich über das Zeitschriftenangebot beschweren. Spielt Nintendo, ich hab sie euch extra mitgebracht. Keine Lust. Ihr wollt doch sonst immer … Jetzt aber nicht, wann kommen wir endlich dran? Man kommt endlich dran und wird vom Zahnarzt begrüßt, es ist ein netter Zahnarzt, der super mit Kindern umgeht, der kinderliebste Zahnarzt, den ich kenne. Ich habe ihn vom Fink, und der Zahnarzt und ich parlieren über den Fink und wie es ihm geht, während die Mimis verhandeln, wer als Erstes dran ist. Es ist immer das andere Mimi zuerst dran: Es setzt sich auf den Behandlungsstuhl, macht den Mund auf, seufzt ein wenig, als der Zahnarzt bohrt, macht den Mund wieder zu und hüpft vom Sessel. Beim zweiten Mimi ist es etwas anders. Sagen wir so: Bevor es 40 Minuten später seine Belohnung abgreift, ist es, während die Mutter, der endlos freundliche Zahnarzt und eine wachsende Zahl von Helferinnen beruhigend auf es einsprachen, drei Mal vom Sessel geflüchtet, hat sich in einer Ecke versteckt, hat sich wieder auf den Sessel gesetzt, hat den Mund nicht aufgemacht, hat geschrieen, hat den Mund nicht aufgemacht, hat geheult, hat den Zahnarzt gebissen, ist ins Wartezimmer gerannt und hat dort gellend um Hilfe geschrieen, bis die Mutter, weil das Beruhigen nichts half, mit Gewalt drohte, was von den anderen Patienten mit Wohlwollen abgenickt wurde.

Irgendwie gelang es dem Zahnarzt, den Zahn zu reparieren. Danach sagte er, er braucht jetzt einen Schnaps, was insofern interessant ist, als unser Zahnarzt, soweit ich weiß, Muslim ist. Aber, ja, Kind, ich mach heute einen Termin aus.

# Zu hässlich, zu kurz, zu langweilig

Was ich selbstverständlich nicht geschafft habe: einen Adventkranz rechtzeitig zum ersten Adventsonntag fertigzubinden. Überhaupt nur anzufangen. Nicht, dass es allzu negativ aufgefallen wäre. Auf christliches Brauchtum, das nicht mit Geschenken, Süßigkeiten oder schulfrei gekoppelt ist, wird in diesem Haushalt unterdurchschnittlicher Wert gelegt. Was nicht heißt, dass ein Adventkranz nicht dennoch gefordert worden wäre: Das hat man nun mal zu haben, jeder hat das, wir hatten das immer, wir wollen das auch heuer.

Also schnitt die gute Mutter letzte Woche, als man eh zur Absperrung des Wassers ins Waldviertel fahren musste, eine Tanne in Unform, deren Reisig nun auf dem Balkon vertrocknet und vermutlich bis weit nach Ostern weitervertrocknen wird, wie es in anderen Jahren die Adventkränze und anschließend die Christbäume tun. Ich warte jetzt einmal ab, ob auf den zweiten Adventsonntag hin eine neuerlich Forderung gestellt wird, bezweifle aber, dass irgendwer hier noch gierig ist auf idyllisierendes Absingen von Weihnachtsliedern bei Kerzenschein.

Wie auch: Eins der Mimis antwortet seit Wochen auf keine Fragen mehr, sondern tut einfach konsequent so, als wäre man gar nicht da, außer, es sind Forderungen zu formulieren. Gestern lächelte es mich am frühen Abend an, und ich sagte natürlich sofort: Nein, es dürfe nicht fernsehen. Aber tatsächlich war dem Kind offenbar vollkommen unvermutet ein grundlos positives Gefühl für seine Mutter entfleucht, was ihm nun garantiert nicht mehr passieren wird, viele Wochen nicht, in denen es sein beleidigtes Strafschweigen noch vertiefen wird. Nur die Lockerung medialer Embargos wird es für Sekunden zurückholen. Hin und wieder wird es etwas,

was man besorgt oder erledigt hat, als zu klein, zu hässlich, zu unnett, zu wenig oder zu langweilig kommentieren und zwischendurch bekanntgeben, dass das Essen nicht schmecke und es in der Klasse geächtet sei, weil es nicht fernsehen darf.

Erstaunlicherweise ist das Kind überall sonst einigermaßen beliebt und gilt, besonders bei Erwachsenen, als unkompliziert, was eine weitere Strategie ist, seiner Mutter zu kommunizieren, dass sein dramatischer Stimmungsverfall einzig und allein ihre Schuld ist. Das fällt auf fruchtbaren Boden, der bereits prächtig beackert ist von einer Schreibblockade, einem schlecht geführten Terminkalender und einem erheblichen Mangel an Bewegung. Für Letzteres existiert allerdings eine externe Schuldige, nämlich die Gemeinde Wien, die mir das Stadthallenbad nicht und nicht fertigbaut, was einen überaus beklagenswerten Effekt auf meine Kondition, meine Konstitution und meine Laune hat, die an dem Umstand nicht gesundet, dass der Nachwuchs keineswegs bereit ist, auf einen von der Mutter händisch gefüllten Adventkalender zu verzichten. Sind ja Süßigkeiten drin. Braucht man; ist ja sonst alles bitter genug.

# Dieser Fluch möge bitte andere treffen

Die Mimis haben sich jetzt ein Gymnasium ausgesucht. Ich bin mit der Wahl zufrieden, weil dort die Kinder, die uns herumführten, nett, offen und selbstbewusst und nicht allzu unglücklich wirkten. Wie ich schon einmal sagte: Mir is eh wurscht, in welche Schule die Kinder gehen. Solange sich die Schulen nicht aussuchen können, was für Lehrer dort unterrichten sollen oder dürfen, hat man's eh nicht in der Hand. Die Mimis können an den besten Schulen an die miesesten Pädagogen geraten und an Anstalten unterirdischen Rufs an die besten. So wie ihre Mutter, die an einer ziemlich miesen Schule an einen wirklich guten Lehrer geriet, der die individuellen Talente seiner Schülerinnen und Schüler förderte. Und das ist zweifelsfrei das Beste, was Schule leisten kann.

Ich erlebte im Zuge der Schulwahl ein paar Debatten mit befreundeten Eltern, nach welchen Kriterien eine Schule ausgesucht werden sollte: Unter anderem beobachte ich eine erstaunliche Ungeneigtheit von Bubeneltern, ihren Sprössling in eine Anstalt mit hohem Mädchenanteil oder Gender-Programmen zu schicken. Ein bisschen spürt man stets die Angst der Eltern, der Bub könnte seiner Männlichkeit entfremdet, von seiner natürlichen Wildheit kastriert und folglich zu einem Mädchen oder schwul werden. Beides gilt offenbar noch immer als Fluch, der lieber andere treffen soll.

Auch unter sogenannten Bobos ist eine erstaunliche Gender-Bewusstheit zu bemerken: Ich kenne noch immer sehr wenige moderne Eltern, die ihrem Babybuben rosa oder lila Gewand anziehen. Offenbar aus der Urangst heraus, dass mit Weiblichkeit konnotierte Erscheinungsformen oder eben der Umgang mit zu vielen Mädchen ein vielleicht in ihren Söhnen lauerndes Schwächlings-Gen aktivieren, sie verweichlichen und sie so für das Leben in der Wildnis und dadurch ihren Erfolg im Leben ruinieren könnte.

Was ist bitte ein erfolgreiches Leben? Erstaunlicherweise ist diese Denkweise nämlich auch in Familien zu beobachten, in denen sich die Väter selbstverständlich und gerne gleichberechtigt oder sogar überwiegend um Haushalt und Nachwuchs kümmern und die Mütter gutes Geld heimbringen. Ich will darüber nicht urteilen, aber es glimmt doch ein Ärger in mir darüber auf, dass auch in den vermeintlich modernsten und emanzipiertesten Menschen noch immer das unausrottbare Vorurteil eingegraben ist, dass Männer das bessere, stärkere, erfolgreichere Geschlecht seien und dass es lebensgefährlich für Buben ist, sich von Mädchen-Denkmustern infizieren zu lassen. Weil man den Sohnemann ja nicht für eine Frauen-, sondern eine Männerwelt fit machen muss, für die man besser schon in der Mittelschule Konkurrenzdenken und Ellbogeneinsatz lernen sollte. Was erstens die intrigatorischen und konkurrenziellen Talente weiblicher Teenager tüchtig unterschätzt. Und zweitens auch weiterhin eins garantiert: dass die Welt bloß nicht zu unmännlich wird.

# Kann so bleiben, ist mir recht

Da sehe ich endlich einmal den Horwath und die Horwathin wieder, streckt mich auch schon ein mieses, kleines Magenvirus nieder. Ich kann bei der Vietnamesin, wo das Horwath'sche Wiegenfest heuer begangen wurde, gerade noch zuschauen, wie der Horwath seine Geschenke, Schwerpunkt Nautik, auspackt, dann geht nichts mehr, nur noch bleiches Abschiedsgewinke vor dem Heimgewanke. Es war zum Glück nur ein mildes Virus. Und es ist zum Glück endlich Frühling, was uns den Horwaths nun nach einer langen, finsteren Phase des Darbens wieder näher bringt, nämlich in die Waldviertler Nachbarschaft. Sonst sieht man sich ja nicht mehr. Gar nicht mehr.

Das Kindsvolk ist schuld: Einerseits braucht es nicht mehr zur Schule begleitet und vom Hort abgeholt zu werden, was stets Anlass zu frohem elterlichem Gedankenaustausch in der gastronomisch vorbildlich erschlossenen Umgebung gab. Andererseits sind die Mimis und der Horwath-Schurli gerade in dem Alter, wo es zwischen den Geschlechtern recht wenig Berührungspunkte gibt: Die Buben sind deppert, die Mädchen sind doof, die Buben sind grindig, die Mädchen sind zickig, die Buben ekelhaft, die Mädchen sind tussig. Die Buben hauen immer gleich, die Mädchen heulen immer gleich.

Die Schnittmenge der gruppenübergreifenden Gesprächsthemen liegt, abseits von gemeinsamen Interessen wie »Super Mario« oder »Star Wars The Clone Wars« sehr nahe bei null. Von Zwischenmenschlichkeiten ist man glücklicherweise noch Lichtjahre entfernt, da jeglicher ungleichgeschlechtlicher Körperkontakt als pervers und peinlich gilt. Kann so bleiben, ist mir recht.

Selbst das Bubenmimi hat sich angesichts der unerträglichen Doofheit nun fix entschlossen, ein Mädchen zu sein und zu bleiben, wenngleich auch fürderhin unter weitgehendem Verzicht auf alle weiblichen Attribute, mit Ausnahme des Zopfgummis, den die Karatelehrerin angeordnet hat. Die ist cool, muskulös, stark und gefährlich und darf das deshalb. Auch das ist mir recht, kann mir gerade kein besseres Rolemodel für zwei Zehnjährige denken.

Obwohl, wie ich eben von den Mimis erfahre, der Horwath-Schurli eh gar nicht so sei, der sei ja noch der Harmloseste, mit dem könne man einigermaßen normal konversieren, der tue auch nicht immer so cool, der sei total okay. Ach, wusste ich gar nicht. Dann hätten wir uns doch eh viel öfter sehen können … Aber wenigstens verspricht uns dieser Umstand etwas mehr Harmonie in der Sommersaison und sowohl am Ost- als auch am Westhof weniger Tränen und Geschrei und blaue Flecken von Stockhieben und gut gezielten Würfen mit unreifem Obst. Jedenfalls eröffnen wir hiermit die Spießersaison, die Kuhfell-Hölzler-Saison, die Grillsaison, die Horwathsaison. Und ich werde heuer all die Tischtennisdemütigungen, die ich als Kind erleiden musste, an meine Kinder weitergeben. Schön wird das.

## Das ist wohl eine Art göttliche Bestimmung

Ein Umstand trat auf, der es notwendig erscheinen ließ, sich selbst zu googeln. Man fand: keine heiklen Fotos in verfänglichen Situationen, obwohl derlei in meiner Position schon beinahe geschäftsschädigend ist; so wird man nie auf eine Vice-Party eingeladen und niemals die Grelle Forelle von innen sehen. Nicht, dass man sich das auch nur entfernt wünschte, man schafft's ja kaum mehr hinunter zum Stammwirten. Aber jetzt rein theoretisch. Auf der anderen Seite ist man den Kindern ja auch schon so peinlich genug, ohne dass ihre Schulfreunde ihnen am Handy lasterhafte Fotos oder Videos der sittenlosen Mutter aus dem Netz präsentieren können, also passt.

In der Schreibwarenabteilung das Bekannte und das Übliche, nichts über sich, das man nicht selber in eine Zeitung geschrieben hätte oder hat. Das einzig Überraschende, worauf man stieß, war ein Blog eines interessant bemalten Herrn aus dem Jahr 2009 mit der Rezension einer längst vergriffenen, was heißt: vermutlich bereits vollständig erodierten Musikkassette aus dem Jahre 1992, mit verschiedenen Wiener Bands aus dem Hardcore/Punk-Umfeld.

Die Rezension des Herrn begann damit, dass die Sängerin zwischenzeitlich uninteressanten, überflüssigen Mist in Zeitungen schreibe und schloss so: »Had I known what would become of this lovely smoky, dispassionate voice, I wouldn't have liked this Pop-Hardcore record as much as I did. Then. 1992. Sitting in my young person's bedroom.« Aha. Tja. Wieder einen jungen Mann final enttäuscht. Dabei scheint es sich bei mir um eine Art göttliche Bestimmung zu handeln, irgendeine höhere Macht hat wohl auf mich gedeutet und beschlossen, dass es meine Lebensaufgabe sei, junge Menschen zu enttäuschen, sobald ich alt genug dafür bin. Vielleicht sollte ich einen Beruf daraus machen. Ah, stimmt, habe ich ja schon.

Zwischendurch eine kleine, damit konvenierende Lebensweisheit: Wenn man vergessen hat, die Karateanzüge der Kinder zu waschen, muss man sie halt bügeln, dann merken sie es, wenn man Glück hat, nicht. Wenn doch: Tja, leider, Kinder, ist meine Bestimmung.

Darüber sprach ich kürzlich, als ich es doch wieder einmal zum Stammwirten schaffte, mit den Freundinnen. Wir kamen zu dem Schluss, dass es okay sei, die Kinder zu enttäuschen, schließlich enttäuschten sie einen auch. Erst kürzlich, sagte eine der Freundinnen, habe sie auf dem Handy ihres elfjährigen Sohnes eine Nachricht gefunden, die er an einen Freund geschickt habe. Die Nachricht habe aus einem einzigen Wort bestanden: »SCHWANSGESICHT«. Schockiert habe sie das Kind konfrontiert, denn ein elfjähriger Gymnasiast sollte eigentlich in der Lage sein, das Wort »Schwanzgesicht« korrekt zu buchstabieren. In Zeiten der Vorratsdatenspeicherung taucht das vielleicht in 20 Jahren im Netz auf und schadet ihm dann! Weiß man's … Er kann es jetzt jedenfalls.

# Enttäuscht du mich, enttäusch ich dich

Das wird, glaub ich, eine Serie. »Wie man seine Kinder ordentlich enttäuscht.« Vielleicht gleich ein Buch daraus machen, ich meine, wenn ich schon einmal etwas wirklich gut kann. Diese Woche: Kauf ihnen ein Smartphone und sperr ihnen darauf das Internet. Sodass sie es nur zum Telefonieren und zum SMSen verwenden können, was für knapp Zehnjährige eine unvorstellbare Demütigung ist. Alle dürfen ins Internet! Nur wir nicht!

Ja, nur meine Kinder müssen ein vollkommen unbrauchbares Smartphone mit sich herumtragen, das nur den einen beleidigenden Zweck erfüllt: das Kind für seine Eltern kontrollierbar zu machen. Und zwar gleich in mehrerlei Hinsicht: Erstens können die Eltern nun stets kontrollieren, wo das Kind gerade ist. Zweitens könnten sie stets kontrollieren, was das Kind so SMSt: Denn derjenige, der die Rechnung bezahlt, weiß natürlich den PIN-Code, und falls nicht, gibt man ihn am Handy des Kindes einfach dreimal falsch ein und macht's mit dem wohlgehüteten PUK aus der Lade. (Man darf den Kindern natürlich auf keinen Fall ein iPhone kaufen, wegen des Extra-Codes.) Drittens können die Kinder nicht heimlich fragwürdige Spiele aus dem Internet laden, sondern müssen weiterhin das peinliche Babyzeugs spielen, das ihre Eltern ihnen für den Nintendo oder die Wii gerade noch erlauben. Viertens haben sie keinen unkontrollierten Zugang zu Youtube-Videos mit hysterischem Obst oder machosprücheklopfenden ostdeutschen Komikern oder das, was Ostdeutsche für einen Komiker halten. Unfassbar: The Return of the Bauchrednerpuppe. Das war doch schon 1970 nicht lustig! Darauf hatten wir uns doch längst geeinigt: Bauchreden mit Puppen = nicht lustig!!! Also lassen wir das! Aber die Ostdeutschen haben das natürlich nicht gehört, und jetzt ist das unter Zehnjährigen total angesagt, sich Videos mecklenburgvorpommerischer Bauchredner und ihrer Puppen auf Youtube anzuschauen, so lustig, hast du das gesehen, dann er so ähhhh, dann die Puppe so poooh, dann er so …

Jesus und Maria. Es geht so weit, dass das Kind sich jetzt auch so eine Puppe kaufen will, im Internet, einer der Freunde mit internetfähigem Smartphone (genau da führt das hin) hat ihm die Website gezeigt, die Puppe kostet nur 90 Euro und der Joey hat schon eine und die Lilo hat schon eine und der Semmi hat sogar zwei!

Auf keinen Fall gibst du 90 Euro für so einen Scheiß aus.

Ist mein Geld!

Trotzdem nicht.

Aus Protest gibt das Kind sein Geld jetzt zitzerlweise im Papierwarenladen aus, kommt jeden Tag nach der Schule mit einem anderen Drei-Euro-Dreck nach Hause, um dagegen zu protestieren, dass es sich keine sackschirche Bauchrednerpuppe kaufen darf und nicht mit dem Handy ins Netz darf. Mein Geld! Enttäuscht du mich, enttäusch ich dich.

Jaja. Ich werde ein Buch daraus machen, und damit reich werden, und die dumme Puppe kriegt ihr trotzdem nicht.

# Die Gefahr, fremde Menschen kennenzulernen

Ich ziehe mir gerade eine Zecke, als das Telefon zirpt, und es ist Haemmerli. Mein Züricher Freund Haemmerli. Haemmerli sagt, dass er am Mittwoch kommt, und ich bin sofort überfordert. Wie eh immer am Telefon. Ich soll am Telefon gleichzeitig reden, zuhören und überschlagen, was ich am Mittwoch schon alles für Termine habe, und Haemmerli fragt, ob er, wie von mir angeboten, bei mir übernachten kann, also sie alle drei, denn sie sind zu dritt. Das finde ich spontan viele, und weil mir gleichzeitig klar wird, dass ich am Mittwoch schon drei Termine habe, sage ich nicht gleich Jasuuuperkeinproblem, sondern eiere deppat herum und kann dabei hören, wie Haemmerli an seinem Telefon denkt, dass ich früher nicht so extrem unentspannt war.

Haemmerli sagt aber nichts, sondern erklärt mir jetzt, wen ich unbedingt kennenlernen muss. Und das hab ich bekanntlich nicht so gern, wenn mich jemand mit Bekanntschaften überrumpelt. Ich hab's nicht so mit dem Kennenlernen von Fremden; das ist meiner Ansicht nach eine hochkomplizierte Sache, die genau überlegt und abgewogen werden muss, entweder die Fremden finden einen, was mir ständig passiert, spontan unsympathisch. Oder nicht, dann läuft man, weil man eh schon so viele Freunde hat, Gefahr, das mühsam ausbalancierte System bereits bestehender Freundschaften zum Einsturz zu bringen, weil eine erfolgreiche neue Freundschaft zur Vernachlässigung der alten führt, und schon wird man nicht mehr zum Geburtstag eingeladen. Was im Prinzip okay ist, weil Geburtstage schreckliche Kennenlernfallen und dort immer fremde Leute sind, deren Bekanntschaft man machen muss, ob man will oder nicht. Und ich neige nun mal eher zu nicht.

Deshalb muss ich Haemmerlis nächste, in mein Gestammel geworfene Frage, ob ich denn eh Anfang Juli nach Zürich zu seiner großen Geburtstagsparty käme, abschlägig beantworten: Nein, sorry, ich komme nicht. Es ist zu weit und zu kompliziert. Und es sind zu viele fremde Menschen dort und mit ihnen die Gefahr, sie kennenzulernen.

Aha. Ich höre, wie Haemmerli am anderen Ende der Leitung beschließt, dass er mich verloren hat.

Denn derlei ressortiert in einem Weltbild wie dem haemmerlisch-weltmännischen unter den maximal spießigen Einstellungen: ein Fanal allergrößter Unbeweglichkeit, und nichts Schlimmeres ist solchen Kreisen denkbar als ein statisches, neugierloses Sein, weil einen das nirgends hinbringt. Nirgends. Eh; und genau da bin ich am liebsten, an diesen meinen Orten, die offiziell nirgends sind und nichts, was sich sicher und gut und richtig anfühlt, solange man es vor Haemmerli nicht rechtfertigen muss. Aber jetzt gerade hüllt dieses Sein mich ein wie eine geblümte Kittelschürze, und ich will mich erklären, aber Haemmerli ist schon weg, zu einer Performance, einer Lecture, einer Eröffnung; ins Leben.

## Das ist doch komisch, der hat doch was

Als Haemmerli kurz vor Mitternacht das An-Do betritt, hat er im Gesicht sein breites, begeistertes Haemmerli-Grinsen, er brüllt: Kneeeeeecht! Und in dem Haemmerli-Gesicht sehe ich: Es ist eh alles gut. Es war ja gar nichts. Es war alles wie immer, ganz normal nichts und mein ganzes grimmiges Herumgehirne für Hugo, wie es eh immer für Hugo ist, wenn ich mir irgendwas einbilde: weil irgendwer, zum Beispiel Haemmerli, nicht zurückruft oder nicht gleich auf meine Mail antwortet, und ich denke, ja, aha, der hat jetzt was, und der ist jetzt total genervt von mir und denkt sich das und das Unschöne über mich und schickt jetzt auch keine SMS, wann er nun genau ankommt aus Zürich.

Der schickt jetzt nicht mal mehr eine SMS. Was hat denn der jetzt, der hat doch was, und wahrscheinlich wohnt er nun woanders. Was in dem Fall nicht der Fall war, denn Haemmerli hatte ein paar SMS geschickt, allerdings an meine alte Handynummer, was einiges erklärt. Ich sehe also Haemmerlis Gegrinse, höre ihn Kneeeeecht brüllen, und alles ist gut.

Wir gehen dann gleich, weil Haemmerli und seine Mitreisenden hungrig sind, hinüber ins Kent auf ein paar Börek-Zigarren und ein paar Lammspieße, und das Große Kent-Orakel bestimmt, dass es diesmal für zwei Pommes-frites-Bestellungen einmal Reis und einmal Pommes gebe. Was gar kein schlechter Schnitt ist, wie jeder weiß, der schon einmal im Kent ausdrücklich Pommes als Beilage bestellt und dann ganz hysterisch heulende Kinder vor Reistellern beruhigt hat. Haemmerli war's aber wurscht, und dann ging er schlafen, und dann verabschiedeten wir uns wieder, und er reiste weiter in den Osten.

Das passte gut in diese Woche der Abschiede, in der wir Lehrern und Hortbetreuern, Kindern und ihren Eltern Baba sagten, baba, schön war's, macht's gut, bei diversen Abschiedsanlässen, den ersten großen für die Kinder: Acht Jahre, fast ihr ganzes Leben lang, waren sie mit denselben Kindern und denselben Betreuern in denselben Räumen beieinander, erst als Kindergarten, dann als Hort, und jetzt war das das. Nicht leicht.

Aber bitte, ganz zum Schluss, am vorletzten Tag, gab's zum Trost nochmal großen Läusealarm, und weil ich den Kindern ja diese Woche noch nicht genug Nachmittage geopfert, also gewidmet hatte, verbrachten wir dann noch einen mit Haarewaschen und -auskämmen.

Toll. Und es gab ganz offenbar auch noch nicht genug Abschiede, also verabschiedete sich vor zwei Stunden, als ich diese Kolumne bzw. ihre sehr viel bessere Vorgängerkolumne gerade zu drei Vierteln fertig hatte, mein Zweit-Macbook, dem ich erst vor zwei Wochen um 140 Euro eine neue Batterie gekauft hatte, und das sagte nicht einmal Baba. Sondern rührte sich einfach nicht mehr und kam nach dem Neustart nicht wieder, nur noch als vorwurfsvolles, graues Leuchten. Das ist doch komisch, was hat denn der jetzt, der hat doch was. Ja, der hat was, und der ist jetzt definitiv woanders.

# So viel zum Leben in der schönen Natur

Zwei Wochen ins Blaue geschaut. War schön. Heimgekommen, Riesenzucchini geerntet, Bohnenrezepte gegoogelt. Und festgestellt, dass die Housesitter das Haus vorbildlichst in absolut tadellosem Zustand hinterlassen haben, und praktisch brennholzfrei: Damit haben sie, erklärten sie in einer netten Nachricht, schöne Lagerfeuer gemacht, das Holz werde aber ersetzt.

Ins Lagerfeuer. Das schöne trockene Brennholz.

Ihr Stadtmenschen! Folgendes! Am Land ist es so! Man kauft das Holz von dem Bauern, der am nächsten wohnt, der macht einem einen guten Preis und kippt es einem geschnitten und gehackt in den Hof! Also alles super easy, überhaupt kein Problem! Aber! Im Spätsommer hat der Bauer dafür keine Zeit! Im Spätsommer fährt er sieben Tage die Woche von frühmorgens bis spätabends auf seinem John Deere auf seine Felder und bringt seine Ernte ein! Wenn man den Bauern im Sommer um Holz fragt, winkt er freundlich zurück, weil der John Deere so laut ist, dass einen der Bauer gar nicht hört, wenn man winkend zu ihm hinaufbrüllt!

Es war aber in Wirklichkeit mein Fehler. Ich habe den Haussittern dieses superpedantische User-Manual hinterlassen, wo sie sich garantiert an den Kopf gegriffen haben: echt, jetzt? Da stand von A bis Z jede Kleinigkeit drin, wo das Putzzeug ist, wie die Waschmaschine funktioniert, womit man die Nachbarskatzen füttern muss und dass man nicht zu viel klospülen darf, wegen chronischen Wassermangels. Und auf keinen Fall das Wasser trinken! Ist giftig!

Wir wohnen hier nämlich am schönsten, fettgrünsten Land, unweit eines sauberen Flusses, aber das Wasser im Brunnen ist stets am Versiegen und, wir haben's testen lassen, total verseucht, weil es von den Feldern oben die Pestizide hineinschwemmt und von den Kühen die Fäkalkeime. Mit dem Wasser kann man gerade einmal abwaschen und klospülen. Das Trink- und Koch- und Salatwaschwasser muss man in Plastikflaschen und mit dem Auto viele Kilometer entfernt beim Billa kaufen oder in großen Kanistern aus Wien mitbringen. Oder beim Pfauennachbarn schnorren, der einen neuen Brunnen hat bohren lassen, 38 Meter tief, damit die Kuhscheiße und das Nitrat nicht rankommen; so viel zum Leben in der Natur.

Jedenfalls. Das mit dem Holz ist meine Schuld, weil ich vergessen habe, in dem kleinkarierten Manual zu erwähnen, dass man für das Lagerfeuer das Holz nehmen soll, das ungeschnitten auf dem Haufen neben dem Kompost liegt, nicht das schön aufgestapelte aus dem Schuppen. Und es ist auch dem Horwath seine Schuld, der mit den Gästen am Lagerfeuer saß und nichts gesagt hat. Grinsend wahrscheinlich; weil er sich daran erinnert hat, wie wir, als wir einst sein Haus sitteten, sein Brennholz im Lagerfeuer verheizt haben, damals, als wir noch Stadtmenschen waren.

# Aber ab jetzt wird alles ganz anders

Jeder glaubt immer, das Leben auf dem Land sei gesund. Irrtum. Also, es könnte natürlich. Die Horwathin, zum Beispiel, geht jetzt immer laufen. Ich, zum Beispiel, nicht. Ich habe mir den wunderbaren Wald und die herrlichen Wiesen den ganzen Sommer hindurch von der Veranda aus angeschaut, mit einer Katze auf dem Schoß und, wenn es die Tageszeit empfahl, mit einem Glas Spritzwein in der Hand. War angenehm. Erholsam auch, und man hat sich das ja irgendwie schon verdient, oder? Und am letzten Tag auf dem Land hat man dann noch einen schönen, langen Spaziergang in den Wald hinein gemacht, zum Schauen, ob er innen eh auch so idyllisch ist, wie er von außen aussah. War er.

Unglücklicherweise macht so ein fauler, gemütlicher Sommer dann einen sehr anstrengenden, zerquälten Herbst, und man muss leider passen, wenn einem die Freundinnen am Telefon erzählen, wie es ihnen im Kundalini-Camp und im Aktivurlaub die Kilos und die Schlacken nur so heruntergerissen hat, und fragen, ob man vielleicht spontan Lust hätte, mit ihnen einen darauf zu heben. Hätte man eh, bedauerlicherweise muss man selber die neue Saison nach dem gesunden Landsommer mit einer unabwendbaren kleinen Entgiftungsphase beginnen, verbunden mit strengem Käswurstbrotentzug und den allerbesten Vorsätzen fürs neue Semester. Und für alle folgenden. Ab jetzt nämlich!

Ab jetzt macht man es anders, fängt nicht immer etwas an und lässt es dann wieder sein, aus lauter restlos plausiblen Gründen und weil man wieder einmal den Arsch nicht hochgekriegt hat, und dann noch einmal nicht und dann endgültig. Diesmal beißt man sich hinein, bis es einem Spaß macht, und bleibt dann dabei! Bissl mehr Ehrgeiz, Konsequenz und

Zielbewusstsein jetzt! So, wie man es schließlich auch von den Mimis verlangt, du hast das angefangen, meine Liebe, du wolltest das unbedingt, also. Das wird jetzt durchgezogen. Man ist schließlich erwachsen; genauso erwachsen wie die Freundinnen, die im Unterschied zu einem selbst schon vor Minimum zehn Jahren für sich eine Life-Work-Sport-Balance gefunden haben, die ihnen ein praktisch konstantes inneres Wohlbefinden verschafft, das sie äußerlich ebenso konstant leuchten lässt. Es leuchtet sich natürlich auch leichter, wenn man sich nicht permanent über eingelaufene Jeans giften oder sich von mageren Schwestern ungebeten erklären lassen muss, dass es, nichts für ungut, vielleicht besser wäre, die Finger vom Weißbrot zu lassen.

Ja. Also. Ich will dieses Leuchten jetzt auch. Ich bin jetzt bereit dafür; ich werde jetzt auch bald leuchten. Und das Leuchten wird auch auf dem Land draußen zu sehen sein und einen Lichtstreifen auf den Wald vor der Veranda werfen, und er wird mir zurufen: Schmeiß die Katze runter, wirf den Spritzer weg, streif deine schlechten Gewohnheiten ab und lauf in mir! Und ich werde rufen: Ja. So wird es sein: jetzt und dann und immerdar.

# Wir sprechen jetzt viel über Piercings

Am ersten Tag waren die Mimis nur zwei Stunden im Gymnasium, aber als sie wieder herauskamen, waren sie drei Jahre älter. Wenn man gerade Jahre seiner Kindheit als Älteste in Schule und Kindergartenhort verbracht hat, ist es eine Offenbarung, plötzlich acht Jahrgänge älterer Mädchen über sich zu haben. Boah … So kann man also auch ausschauen. So kann man sich also auch anziehen. So kann man Haare auch färben. Und man kann sich so Sachen ins Gesicht stecken, interessant.

Nicht dass die Mimis über die aktuellen Vorgänge in Mode und Society nicht informiert wären: Man liest regelmäßig und mit unbedingtem Glauben Bravo, Hey, Seitenblicke-Magazin, Woman, In-Style und Vogue, man kennt sich aus. Aber es ist etwas anderes, derlei in der unmittelbaren Schulumgebung vorgelebt zu bekommen. Wir sprechen jetzt viel über Piercings. Und über das korrekte Alter dafür.

Wenn ich 16 bin, denke ich. Oder?

16 ist okay für mich.

Gut, dann will ich mit 16 so ein Nasenpiercing. Ein Mädchen in der Schule hat so eins, mit einem Glitzerstein. Das sieht total cool aus.

Ich weiß nicht.

Doch.

Es ist eh deine Nase.

Aber tätowieren lasse ich mich, glaub ich, nicht.

Wie du meinst. Es ist langfristig auch deine Haut.

Hättest du was dagegen?

Na, jetzt schon noch.

Aber später!

Da könnte ich ja schlecht grundsätzlich etwas dagegen haben, oder.

Hat es dir die Oma erlaubt?

Hahahaha.

Es ist jetzt auch offiziell, dass das Bubenmädchen keins mehr ist. Es fing mit dem Zopfgummi an, den die Karatelehrerin anordnete, und war dann nicht mehr aufzuhalten. Kann ich einen Jeansminirock haben? Kaufst du mir auch mal Leggins? Darf ich deinen Nagellack?

Ja, darfst du. Weil es schön ist, zuzusehen, wie ein Kind in seinem eigenen Tempo in seine Haut hineinwächst. Und wie es sich irrsinnig wohl fühlt darin. Borgst du mir deine alte Lederjacke?

Nicht, dass das andere Mimi sich nicht wohlfühlen würde. Soweit das dem Shopping-Mimi möglich ist, in einem Monat, den die Mutter aufgrund finanziellen Engpassdesasters zum Monat des Konsumverzichts erklärt hat.

Aber ich brauche das unbedingt!

Dann kauf es dir.

Ich habe kein Geld.

Ich auch nicht. Verdien dir was.

Womit?

Weiß nicht. Mach einen Vorschlag.

Ich könnte babysitten!

Gute Idee. Das kannst du. Gleich nachdem du selber keinen Babysitter mehr brauchst.

Äh, ah ja.

Das Leben der Teenies. So ist das nämlich.

# Aber jetzt alles noch kein Stress

Und?, sagt der Horwath.

Wir sitzen mit den Horwaths unterm Birnbaum.

Gut, sage ich, erstaunlich gut, wir haben's uns schlimmer vorgestellt. Und bei euch?

Es ist nämlich so, dass der kleine Horwath und die Mimis nicht mehr in die gleiche Schule gehen. Zum ersten Mal seit acht Jahren sind sie nicht den ganzen Tag beieinander, sondern sehen sich jetzt nur noch am Wochenende auf dem Land. Dann zieht die Bande durchs Dorf, fällt abwechselnd in eins der Elternhäuser ein, lässt meinem noch warmen Gugelhupf keine Chance abzukühlen und zieht dann weiter, um im Horwath-Haus den Dachboden zu okkupieren, wo jetzt das Bandenhauptquartier mit mauszerfressenen Sofas eingerichtet wird. Später werden sie alle neune wiederkommen, um einen Kessel Hendlsuppe mit einem Fass Backerbsen zu inhalieren, gemeinsam Mangas zu lesen, über die Auswahl des Abendfilms zu verhandeln und Topmodel-Gewand zu designen. (Ja, auch die jungen Herren.)

Aber jetzt ist erst einmal Ruhe. Wir sitzen mit den Horwaths in der sonnigen Herbstsamstagswärme unterm Birnbaum, trinken Kaffee, picken die paar übriggebliebenen Gugelhupfbröseln von den Kindertellern und erzählen uns – was auch wir acht Jahre nie mussten –, wie es den Kindern so in den jeweiligen Gymnasien geht.

Auch gut, sagen die Horwaths, überraschend eigentlich, haben es uns schlimmer vorgestellt.

Haben wir auch. Wird vermutlich auch noch, wenn die Kinder die ersten Schularbeiten brutal versemmeln und auf diese Weise zusammen mit ihren Erziehungsberechtigten lernen, dass das doch nicht mehr Volksschule ist. Aber jetzt noch kein Stress. Jetzt ist noch alles easy. Jetzt ist noch alles besser als vorher, jetzt scheinen sich die Mimis für voll genommen zu fühlen, jetzt macht es ihnen Freude, endlich selbstständiger sein zu dürfen, jetzt stehen sie sogar freiwillig auf. Unter anderem, weil das tägliche Styling ordentlich Zeit kostet.

Ja, dann.

Gut, ja.

Wart ihr schon drüben?

Oh ja.

Und?

Sie bereuen gerade.

Es gibt Neue im Dorf. Die Neuen waren letztes Jahr nur einmal so auf Besuch. Wir haben einen Spaziergang gemacht. Die Neuen fanden es eine total schöne Gegend. Wir haben uns gedacht, spazieren wir doch an dem schönen Haus mit dem schönen Grund vorbei, das schon so lange leer steht. Jetzt gehört ihnen das Haus, und sie brauchen akut ein wenig Trost, denn das Haus stand doch nicht völlig leer: In den Sofas und Betten, die zum Haus gehörten, wohnen die Mäuse. Und die Klospülung ist kaputt. Es ist gut, dass die Neuen in ein Dorf mit Horwath gezogen sind.

Ich schau mal hinüber, sagt der Horwath.

Und nimm den Werkzeugkasten mit, sagen wir.

# Das haben wir jetzt davon

Ich höre jetzt wieder gern Paul Simon. Ja. »Me and Julio down by the School Yard«. »American Tune«. »Fifty Ways to Leave Your Lover«. »Kodachrome«. Ich regrediere, zurück in mein 16. Lebensjahr, wobei sich eigentlich nicht behaupten lässt, dass das Leben damals besser gewesen wär. Eher gar nicht. Ich habe mir auch wieder Billy Joel heruntergeladen, aus Sentimentalität, aber das war dann doch extrem unbefriedigend. Manche Dinge funktionieren nur als Erinnerung: Ist wohl einfach so.

Die Mimis dagegen greifen um Jahrzehnte vor. Erfreut oder beunruhigt es mich, dass ihre neue absolute Lieblingsserie »Cybill« heißt? Sie finden das urlustig. Ich auch, aber ich bin im Gegensatz zu den Mimis nicht mehr zehn Jahre alt und unsicher, ob Zehnjährige über derlei Witze lachen, ja sie überhaupt nur verstehen sollten. So lange haben wir sie ausschließlich babysche Filme und urfade Kinderserien anschauen lassen, nichts mit Gewalt, kein US-amerikanischer Teeniescheiß, und das haben wir jetzt davon. Was ist das? Akute grassierende kindliche Frühvergreisung? In welche Serie kippen sie mit elf? »The Sopranos«? »The Walking Dead«? Es muss ein Schloss an den DVD-Schrank, geht nicht anders.

Andere mütterliche Anstrengungen dagegen haben sich, entnehme ich dem Schweizer Tagesanzeiger, gelohnt. Immer öfter nämlich, heißt es dort in einer Geschichte, beobachte man Männer, denen es peinlich sei, wenn sie auf die Frage, was denn ihre Gattin so mache, antworten müssten, die sei Hausfrau und daheim bei den Kindern. Offenbar macht das nichts mehr her, und offenbar haben sich die Parameter, wie eine Frau etwas hermacht, endlich tatsächlich komplett verschoben. Offenbar wirkt das Modell Betty Draper nach mehr als 50 Jahren nun doch etwas gestrig, zumindest bei gesellschaftlichen Anlässen.

Das sagt natürlich nichts darüber aus, ob diese beschämten Männer, wenn niemand hinschaut, dann die Benefizien eines Daseins, in dem die Frau nichts anderes als das Wohl ihrer Familie im Kopf und im Tagesablauf hat, nicht doch zu schätzen wissen. Wobei die meisten Männer, die ich kenne, eher sehr froh sind, wenn ihre Frauen nach einer nicht zu langen Zeit mit den Babys wieder arbeiten gehen, weil sie eine gestresste, zuweilen überforderte Lebensgefährtin letztlich weniger anstrengend und auch attraktiver finden als eine latent unzufriedene, unterforderte, von der ausschließlichen Beschäftigung mit Kinderkram zermürbte Hausfrau.

Die Durchsetzung dieses gesellschaftlichen Standards ist uns Working Mums nun also offenbar endlich gelungen. So gesehen ist die neue »Cybill«-Sucht der Mimis vielleicht kein schlechtes Zeichen: In einem Umfeld aus lauten, sarkastischen, überarbeiteten Weibern unweit alkoholischer Getränke fühlen sie sich offenbar daheim und geborgen, das ist ihnen vertraut. Sobald »Die Waltons« ihre absolute Lieblingsserie wird, werde ich mich wirklich sorgen.

# Die hockt doch eh immer nur im Wald

Aber das zurückgezogene Leben macht einen auch ein bisschen seltsam. Das ist der Nachteil daran, dass man jetzt endlich hat, was man sich so sehnlich wünschte: eine stille Schreibwerkstatt, ganz für sich allein, Ruhe und Sprachlosigkeit den ganzen Tag, nur geschriebenes Wort, höchstens ein bisschen Musik. Und Unbemenschtheit. Vollumfängliche Unbemenschtheit. Plötzlich merkt man: Man kommt eigentlich nicht mehr sehr viel unter die Leute, jetzt abgesehen von Facebook. Man sieht die Mimis, den Gemüsehändler, die Käsefrau. Am Wochenende die Horwaths und die Sulmtaler von den Horwaths, denen die Kinder jetzt Namen geben, die auf einen neuen und begrüßenswerten Zugang zu Nutzvieh schließen lassen, weil die Hendln heißen jetzt nicht mehr Augenstern, Engelchen und Gertrud, sondern Suppenhuhn, Cacciatore, Grilli, Gfüllda und Gschnetzelte. Und hin und wieder trifft man dort die Familie Rookie, die ihr neues Sommerhaus bislang allerdings überaus zurückhaltend bewohnt: keine Zeit für Landwochenenden derzeit, zu viel Arbeit, sie bleiben in der Stadt. Aha. Bitte, wer bei dem herrlichen Herbstwetter lieber in der Stadt bleibt …

Aber ehrlich gesagt bin ich tatsächlich akut ein bisschen neidig. Auf geposteten Facebook-Fotos kann ich sehen, was die Freunde so machen, sie sitzen beim Dings und zelebrieren Lebensfreude bis in den frühen Morgen, während ich, eingewickelt in Decken über Daunenjacken, noch immer und schon wieder aufs schwarze Wasser schaue, es durch die Stille rauschen höre, nur unterbrochen von den merkwürdigen Schreien merkwürdiger Tiere. (Schlachtet der Horwath? Morgen zeitig rüberschauen.)

Das ist schön, ja! Man ist ganz bei sich. Man denkt. Denken ist gut. Es ist allerdings wenig abendfüllend, jetzt mitteilungstechnisch betrachtet. Wenn man dann doch einmal jemanden trifft, hat man erstens nichts Nennenswertes zu erzählen, und zweitens trifft man kaum mehr jemand, weil man allmählich vergessen wird und drittens für ziemlich langweilig gehalten. Die hockt doch eh immer nur im Wald, starrt auf schwarzes Wasser und wird langsam bissl schrullig. Und das war eigentlich ein Konzept, das man sich so für in 30, 35 Jahren zurechtgelegt hatte, aber jetzt merkt man auf einmal: Man ist schon mittendrin. Plus: Man wurde aufgegeben. Man spürt das. Und das ist dann nicht so schön. Zeit, Gegenmaßnahmen zu ergreifen und klarzumachen, dass man übrigens noch vorhanden ist.

Und da schau her, das funktioniert sehr gut, geht eh. Man zelebriert beim Dings Lebensfreude galore und ist am nächsten Tag prompt so hundskaputt, dass man kaum mehr die Tasten trifft und am Abend nur noch im Bett liegen und zehn Folgen »Homeland« schauen kann, eine Serie, für die es nicht genug Superlative gibt. Trotzdem. Am Wochenende kein Land, sondern Kunst und Künstler. Ich bin noch da, gell?

# Wir sind übrigens auch noch süß

Um halb zwei in der Früh erwache ich nach kurzem Schlaf, weil mein Handy piept, es ist eins der Mimis, das mir per SMS eine gesegnete Nacht wünscht und ebensolchen Schlaf. Dir auch Kind, danke! Hatte ich bis eben! Und solltest du nicht …? Egal. Das Kindsvolk ist bei einer Übernachtungsgeburtsparty, und eigentlich wollte man gar nicht wissen, wann sie da schlafen gehen, und noch eigentlicher ist völlig selber schuld, wer sich nachts von seinem Smartphone wecken lässt, weil er es nicht ausgemacht hat.

Also bitte, halb zwei. Natürlich sind die Mimischen anderntags, post Abholung, ordentlich unausgeschlafen, was sich bei einem der Mimis wie gewöhnlich in einer angenehm zurückgezogenen Knatschigkeit äußert, beim anderen aber zu einem auf doppeltes Tempo beschleunigten und von Pausen kaum unterbrochenen Redefluss führt, als müsse es noch schnell den Stoff der nächsten Wochen vorab wegsprechen, bevor es völlig übermüdet in ein sprachloses Koma fällt. Lieb. Auch anstrengend. Und aufschlussreich, weil man erfährt, was der brave Bub von den braven Dings nachts so macht, wenn seine braven Eltern zur Tür hinaus sind. Stell dir vor!

Aha? Soso! Herzig, haha.

Herzig? Wir finden das urpervers!!!

Ach so. Na eh. Aber auch herzig.

Aber auch die Mimis sind noch herzig, jedenfalls tun sie manchmal so, zum Beispiel beim Fleischhauer: Wollen wir doch mal sehen, ob wir noch süß genug sind, um etwas gratis zu kriegen. Kriegen sie; aber kaum zur Tür hinaus, verwandeln sie sich, während sie schon in die in der Früh vom Metzger frisch selbstgemachten Würstel beißen, wieder in die Halbwüchsigen, die sie jetzt eben sind; irgendwo zwischen allem, zwischen putzig und patzig. Sie malen sich winzige Totenköpfe auf die Fingernägel und mit Wasserfarben Strähnen in die Haare, sie stapfen in Doc Martens und zerrissenen Jeans durch die Welt, schauen, wenn man sie lässt, »How I Met Your Mother« und »Big Bang Theory« und hören noch immer Wir sind Helden. Und sie lesen Gedichte von Peter Hacks und W. H. Auden, nachdem wir gemeinsam »Vier Hochzeiten und ein Todesfall« gesehen und bei der Beerdigungsszene geschluchzt haben.

Das war traurig. Und schön.

Das ist ein Gedicht von W. H. Auden, das er da gelesen hat.

Hast du ein Buch von dem?

Ja, von dem hab ich ein Buch.

Und dann lesen wir ein paar von den Liebesgedichten, und dann gehen sie schlafen, und als ich zwei Stunden später noch mal nach ihnen sehe, lesen sie sich im Bett noch immer Auden vor. Schlafen jetzt! Ja, nur das hier nochmal, hör zu! Es ist das Gedicht von dem Soldaten, das Ernst Jandl so schön übersetzt hat: Ich habe den Titel vergessen, und das kleine weiße Buch mit den Gedichten steckt jetzt in einer Schultasche, ich hab es heute früh bemerkt, als ich die Jause eingepackt habe. Auden liegt übrigens in Niederösterreich begraben.

# Das war jetzt nicht wirklich hilfreich

Und jetzt erklärt Freundin Gini B., Shoeshopping sei das neue Solarium. Es sei hier angemerkt, dass die Frau 250 Lederjacken besitzt und circa 400 Handtaschen, aber weil ich die rein theoretische Frage stelle, ob spitze silberne Stiefeletten gehen oder nicht gehen, kriege ich so eine Frauenmagazin-Binsenweisheit um die Ohren geschnalzt. Ja, hallo? Ich behaupte, dass dieser offensichtliche Sarkasmus sich an der Tatsache hochrankt, dass es die Frau sehr an den Bandscheiben und ihr Orthopäde ihr strengstens und unter donnernden, extrem rollstuhlhaltigen Drohungen verboten hat, Schuhwerk mit Absätzen zu tragen, die höher sind als Radiergummis dick. Weshalb sie nun anderen Frauen, die ihre Rückenschmerzen mit zugegebenermaßen fragwürdiger Selbstmedikamentierung halbwegs unter Kontrolle bringen, ihre hohen Hacken missgönnt.

Aber ich habe trotzdem darüber nachgedacht. Ich habe nachgedacht und der Gedanke, dass Shoeshopping das neue Solarium sei, durchfloss mich zu meiner eigenen Überraschung wie große, warme Erleichterung. Wieso das jetzt? Nebstbei fand ich den Gedanken tatsächlich überaus wahrhaftig: Ja, das stimmt eigentlich, seit praktisch alle Schuhe aus Plastik und um € 19.90 via Internet erwerblich sind. Wobei es sich bei den silbernen Schuhen, das war ein Missverständnis, keineswegs um so sluttisches 15-Zentimeter-Schuhwerk handelte, sondern um eher brave, cowboyische Leder-Booties.

Aber seit ich fast nur noch von der Wohnung in die stille Schreibwerkstatt und von der stillen Schreibwerkstatt zurück in die Wohnung radle, macht schickes Schuhwerk noch weniger Sinn als früher schon, wenngleich ich, solange ich noch irgendwie ohne Rollator vorwärtskomme, nach wie vor nicht bereit bin, in bebauten Gebieten in Bequemschuhe einzusteigen.

Allerdings neigt man, wenn man Tag um Tag völlig – wie Handke in einem rundum erfreulichen Interview mit der Süddeutschen sagte – »unumlungert« am Computer sitzt, ungut zum Overdressing, sobald man sich dann endlich wieder einmal unter Humanoide und damit in die Möglichkeit begibt, den Inhalt seines Kleider- und Schuhschranks einer breiteren Öffentlichkeit vorzuführen, als seinem gespiegelten Ich: Man zwängt sich sogar für einen Besuch beim Stammwirten in ein hübsches, entschieden überelegantes Kleid.

Was den Goût von Wunderlichkeit, den man durch ein neu hochgestartetes Sozialleben eigentlich loswerden wollte, nicht wirklich verwedelt, man wirkt im Gegenteil noch vernagelter. Allerdings hat Handke auch dazu Passendes gesagt, denn es sei »ja absurd für einen Schreiber, dass er offen sein muss«, und so fühlt man sich, egal wie viele Stratosphären unterhalb Handkes man sein Schreiberhandwerk verrichtet, nicht mehr ganz so gaga. Die silbernen Stiefel habe ich mir trotzdem nicht gekauft.

# Ich gebe nur nicht an damit

Was soll man machen, wenn man den Kindern versprochen hat, dass man jetzt also meinetwegen daheim nicht mehr arbeitet. Kein Laptop mehr zu Hause, nur noch so ein Schas-iPad, das genau den Zweck seiner Anschaffung erfüllt: Es ist zu gar nichts nutze außer zum Abrufen von E-Mails und zum deppert Facebooken, was aber eh das iPhone auch kann. Also überlässt man es den Mimis zum Spielen. Sie schnorren einem eine neue App ab und frisieren dann Comicfiguren und würden gar nicht bemerken, wenn man direkt vor ihren Nasen in ein MacBook tippte, und würden sie doch, wär es ihnen völlig einerlei. Aber man hat eben keines zur Verfügung. Also kocht man halt.

Es stehen jetzt z.B. bei uns immer zwei Töpfe Suppe auf dem Herd. In einem Topf ist Suppe, im anderen Topf ist Suppe, die auch dem Würfelsuppenmimi schmeckt. Beziehungsweise. Kürzlich war der Philipp zum Essen da, und er kriegte eine Suppe zur Vorspeis, und es schien ihm zu munden, bis ein Mimi seine Stimme erhob.

Da sind Haare in meiner Suppe.

Was?? Sicher nicht.

Doch. Kurze schwarze Haare. Als hätte sich jemand hineinrasiert.

Man bemerkt, wie zwischen Philipp und seinem Teller eine Distanz entsteht, und beeilt sich, zur Kenntnis zu bringen, dass dieses Mimi eine andere Suppe isst als die anderen. Trotzdem; wer sich in eine Suppe rasiert, rasiert sich sicher auch in die andere. Danach gibt es ein Rindsragout mit Waldviertler Kipflern und eigenen Käferbohnen, das schreib ich hier nur her, damit der fesche Fotograf es liest.

Der fesche Fotograf steht jetzt unter dem Einfluss des feinschmeckenden Staatskünstlers, kann aber im Unterschied zu diesem nicht verbergen, dass er Leute, die beim Essen und Trinken nicht ausschließlich zum Erlesensten greifen, für barbarische Büffel hält. Anscheinend gehöre da nun auch ich dazu, denn der FF versucht spürbar, gute Sachen vor mir abzuschirmen, weil er offenbar den Eindruck hat, ich wisse sie nicht zu schätzen. Er behauptet, ich hätte einmal einen seiner guten Weine gespritzt. Ich vertrage Spritzwein nun einmal besser! Aber ich glaube trotzdem nicht, dass ich das gemacht habe, dafür hat mir Honzo genug beigebracht. Ich gebe nur nicht an damit.

Jedenfalls hat der FF am Wochenende versucht, mich von einer guten Flasche Wein fernzuhalten, er wollte sie allein mit dem Horwath trinken, die ganze Zeit hat er beim Ganslessen hinter meinem Rücken dem Horwath zugetuschelt, was für einen tollen Wein er da habe und sie könnten doch nachher. Was? Nichts. Der FF ist wohl irrtümlich der Meinung, der Horwath verstehe richtig was von Wein. Oder er will einfach nur ein Sulmtaler vom Horwath.

Ich musste jedenfalls zynisch werden, damit ich auch was von dem Wein abkriegte, der außerordentlich war, und es war dem FF anzusehen, dass er ihn an mich verschwendet fand. Tja. Ich werde ihn dafür einmal auf eine Suppe einladen.

# Das interessiert mich nächstes Jahr wieder

Das Allerheiligen-Darmvirus erwischte den kleinen Horwath, die Wirtin, den FF und eins der Mimis. Nur die Frau Rookie, die als Erstes gespieben hat, behauptet stur, das habe nicht am Virus gelegen, sondern am Wasser vom Horwath. Ich sage dazu lieber nichts. Ist ein heikles Thema, das Wasser vom Horwath, weil er sagt, sein Wasser sei gut, und wenn man ein gutes Wasser habe, braucht man es auch nicht testen lassen, aussigschmissenes Geld, und dass alle anderen im Dorf ihr Wasser nicht trinken können, stehe mit seinem Wasser in keinem Zusammenhang, weil er: Felsenbrunnen, 18 Meter tief. Ja! Gut! Und interessiert mich sowieso erst nächstes Jahr wieder; die Landsaison ist jetzt zum Glück vorbei. Plus, ich glaube, wenngleich in völliger Unkenntnis der exakten Diagnose, dass auch die Frau Rookie des Virus wegen gespieben hat. Wie das Mimi, das die Ferien, die sich durch geschickte Kombination von Feier- und schulautonomen Tagen wieder ergeben haben, mit dessen Hilfe um zwei lange Tage verlängert hat. Und zwar, damit ich noch wahnsinnig werde.

Alle drei Stunden habe ich das Mimi gefragt, ob es tatsächlich immer noch Magenweh hat, und das Mimi hat unter seine Wärmeflasche geschaut und gesagt: Ja, leider. Dabei hielt es, wie von Dr. Urban vorgeschrieben, strenge Moro-Diät, obwohl ich fand, dass es dann allmählich wieder normaler essen könne. Am vierten Tag des Virus-Magenwehs beschloss ich, die Dr. Urban anzurufen, das ist ja nicht normal. Das Mimi sagte, warte, ich glaube, es wird gerade besser, es könne jetzt eventuell schon wieder richtig essen. Das tat es, und gab mir hinterher bekannt, es dränge sich ihm nun der Verdacht auf, das Magenweh sei nicht, wie ursprünglich angenommen, eine Folge der Virusinfektion, sondern eine von gemeinem

Hunger gewesen, denn wie durch ein Wunder seien die Schmerzen nun weg. Ich sagte ein paar Dinge, die einer guten Mutter unangemessen sind, durfte aber anderntags wieder ungestört mehrere Stunden am Stück arbeiten, danke.

Danach kamen die Mimis heim und sagten, sie hätten übrigens beide einen Dreier in Mathe, sei das nicht super. Ich sagte: Moment. Lasst uns einmal etwas klarstellen. Ein Einser ist super. Ein Fünfer ist superschlecht, und genau dazwischen liegt ein Dreier, also.

Die Mimis sagten: Aber die Fritzi, die sonst immer nur Einser hat, hat auch einen Dreier, also waren wir super. Ich sagte, trotzdem.

Ist aber gelogen. Denn die Mutter, die einst in Mathe sitzengeblieben ist, findet einen Dreier ja auch mehr als okay, wird es aber vor ihrer Brut nicht zugeben, jedenfalls die nächsten acht Jahre nicht. Man erkennt in der Nachkommenschaft eh schon genug von der eigenen Ehrgeizlosigkeit und nimmt die Statusmeldungen von stolzen Eltern, deren Kinder ihr Schulleben lang nur Einser heimbringen, nicht hundertprozentig neidlos zur Kenntnis. Aber. Eben. Ja, zufrieden, doch, sehr.

## Das Leben könnte nicht besser sein, aber

Neuer Plan. Man wird jetzt nicht mehr ausschließlich zu Veranstaltungen gehen, an denen Freunde und Bekannte partizipieren. Man wird sich jetzt auch wieder einmal kulturellen Ereignissen aussetzen, zu denen man keinerlei amikale Konnexe hat.

Man wird im Kino Dokumentationen über sperrige Künstlerinnen sehen. Man wird sich im Theater Stücke von Unbekannten von nie gesehenen Akteuren vorspielen lassen. Man wird Werke völlig Fremder lesen, man wird das Essen von Köchen verspeisen, die noch nie am eigenen Küchentisch saßen, man wird in Konzerten von Musikerinnen uhuen, die man nie zuvor getroffen hat. Denn so geht das nicht weiter.

Obwohl es natürlich die logische Folge, was heißt: die Erfüllung des alten Lebenstraums ist: Nie wollte man anders leben als unter Künstlerinnen und Künstlern, Kreativen und anderen Narren, und, wenn irgendwie möglich, unter solchen, deren künstlerisches Werk man schätzt. Und, Wunder: Das geschah. Und führte letztlich dazu, dass man sich Abend für Abend in vertrauter Gesellschaft an vertrauten Orten darüber freut, dass wieder eine Freundin, wieder ein Bekannter etwas Tolles geschaffen hat.

Das Leben könnte nicht besser sein, speziell nicht für jemanden wie mich, der die Wiederholung liebt, die Gleichförmigkeit, die tägliche Ingwerkarottenkürbischilisuppe. Es beschleicht einen bloß hin und wieder das Gefühl, man versäume etwas: etwas außerhalb der schönen, warmen Blase. Jetzt könnte man das Außerhalbige, Unvertraute einfach ins vertraute Lebens- und Abendprogramm koinstallieren, und das werde ich auch, sobald ich wieder 31 bin.

Sobald ich wieder jung und frisch genug bin, dass mich das allabendliche Tralala nicht mehr an der täglichen Arbeit hindert. Aber leider hört das unglücklicherweise ab einer gewissen Angejahrtheit auf, und der augenblickliche Stand der Dinge ist der, dass man nach zwei Abenden mildem Halligalli einen Tag krank, zwei Tage rekonvaleszent und weitere zwei Tage ruhebedürftig ist. Das zwingt einen dazu, das Halligalli gut einzuteilen, was nicht erleichtert wird durch den Umstand, dass ein lustiger Gott einem lauter junge, frische und vor Kreativität und Lebensfreude explodierende Freunde zugeteilt hat. Die Folgen brauche ich, denke ich, nicht näher zu erläutern, aber es stellt einen vor die prinzipielle Lebensentscheidung, ob man mehr mitmacht (und damit Servus sagt zu permanenter Kaputtheit, dem Mut zur Peinlichkeit, einer weitgehenden Arbeitsunfähigkeit und den mitleidigen Blicken von Zehnjährigen) oder mehr via Facebook zuschaut und die Frage »Verpasse ich etwas?« mit einem verbissenen Nein beantwortet, das man sich am Ende selbst nicht glaubt. Schwierig. Sehr schwierig.

Im Übrigen wurde der schöne, neue Plan noch in der ersten Woche von drei feinen, künstlerisch höchst wertvollen Abenden im engeren Freundeskreis ruiniert. Im Kino war ich wieder nicht.

# Das war's mit dem Na-na-na-Wochenende

Gerade als man dachte, man habe schon vergessen, wie grauenhaft, schrecklich und erwachsenenverachtend Bogi-Parks sind, werden die Mimis auf ein Geburtstagsfest in einen Bogi-Park eingeladen. Bogi-Park = gigantischer Indoorspielplatz = Hölle. Kinder im Allgemeinen und die Mimis im Speziellen finden die Bogi-Park-Einladung natürlich fantastisch, zumal ihre Eltern ihnen Bogi-Park-Besuche schon verweigert haben, als sie noch im Bogi-Park-Alter waren, was sie jetzt, wie ich entgegen ihren Ansichten und denen anderer finde, längst nicht mehr sind.

Die Mimis fahren also am Nachmittag in den Bogi-Park, und ich fahre am Abend, wie das nach Bogi-Park-Nachmittagen so üblich ist, mit einem Mimi ins AKH, um dort mit anderen Bogi-Park-Geschädigten in der Unfallambulanz zu sitzen. Irgendein Kind ist meinem Kind mit einem Trottelgokart in die Hacken gefahren, und anstatt dann anzuhalten und zu schauen, was mit dem schreienden Kind vor seinem Gokart los ist, hat das Trottelkind so lange Gas gegeben, bis das Mimi samt seinen nun funktionsuntüchtigen Füßen aus seiner Trottelbahn geschoben war. (Hätte es seine 130-Euro-Docs angehabt, wäre das nicht passiert, aber nein: Sockenpflicht.)

Ein zufällig mit seinen Kindern anwesender Rettungsarzt hat sich sehr nett um das Mimi gekümmert und weitgehend Entwarnung gegeben, aber trotzdem sicherheitshalber eine Kontrolluntersuchung in der Unfallambulanz empfohlen. Wo die Ambulanz-Aufnahme-Dame wissen wollte, ob ich eine Anzeige machen will, und nein, wollte ich natürlich nicht, aber ich will hiermit erklären, dass es auch unter Kindern echte Vollpfosten gibt. Und dass ich jetzt ein für alle Mal vergessen werde, was ein Bogi-Park ist. Es war dann glücklicherweise eh nichts, nur ein bissl Prellung und Schwellung. Und wir waren wieder draußen, bevor die ganzen samstäglichen Punsch-Unfälle geliefert wurden.

Das Ereignis warf auch unschön meine Pläne für ein Na-na-na-Wochenende über den Haufen: nichts arbeiten, nicht anziehen, nicht aufstehen, was die Mimis sehr begrüßen, weil das für sie dann auch gilt, inkl. TV. Na-na-na-Wochenenden sind allerdings böse Etikette-Fallen. Weil, was, wenn man zufällig gerade ein Übernachtungskind hat? Das Übernachtungskind erzählt dann daheim, dass die Mutter von den Mimis den ganzen Tag im fleckigen Pyjama herumläuft, also, wenn sie einmal nicht im Bett liegt und auf ihrem Computer Gewaltvideos schaut, man darf fernsehen, so viel man will, und zum Essen gibt es nichts als Suppe, Süßigkeiten und Machdirselberwas. Das ist bitte nicht immer so! Und ich habe dabei gestrickt! Aber die Eltern von dem Übernachtungskind erzählen das all ihren Freunden, und zack hat man einen Ruf. Na ja, den hatte ich eh schon, trotzdem.

# Der braucht sich gar nicht aufpudeln

Die Pläne für diese Woche:

1) Mit Philipp zu Scott Matthew.

2) Und zwar am Nikoloabend, ein Ereignis, das auch heuer wieder ignoriert bzw. auf einer allseits entlastenden, rein materiellen Basis zelebriert wird: Das ganze christliche Rundum-Tralala sparen wir uns, es werden nur die Säcke mit dem Süßzeug überreicht, bitte, danke. Höchstens dass die Erwachsenen, während die Kinder die unnedige Erdnuss-Mandarinen-Garnitur aussortieren, ein kleines Dankesmantra chanten: weil man den Abend nicht mehr im Kreise marodierender Kleinkinder verbringen muss, die einem armen, entgeisterten, als Nikolo verkleideten Studenten die Grenzen seiner prekariären Leidensfähigkeit aufzeigen.

3) Mit den Mimis ins Kino und »Oh Yeah She Performs« anschauen, solange er noch im Kino läuft. Der Film ist, das wollte ich hier schon lange bemerken, sehr viel besser, als der Falter behauptet, beziehungsweise mag ich ihn vermutlich aus anderen Gründen als die, weshalb ihn der Kollege vom Film nicht so schätzt. Meine: Verrückt tolle Musikerinnen, denen man beim Leben und Arbeiten zuschaut, extrem guter Sound, und als der Film aus war und ich das Kino verließ, war ich wahnsinnig gern eine Frau.

Der Kollege O. vielleicht nicht so, das versteht man. Aber den Mimis, die, wenn ich die Zeichen richtig deute, unmittelbar vor der Bandgründung stehen, könnte der Film sehr gefallen.

4) Endlich zum Rückenröntgen gehen, was sich als angezeigt erweist, nachdem man sich letzte Woche beim Versuch, einen Post-Ausrutsch-Sturz zu vermeiden, derart das Kreuz verrissen hat, dass man danach zwei Tage hilflos am Rücken

lag wie weiland Kafka himself. Die erste halbe Stunde erwog man am Küchenfußboden, einen Notarzt zu rufen, war aber akut nicht in der Lage, das Handy zu ergreifen, das unerreichbar einen Meter entfernt oben auf dem Küchentisch lag. Schließlich standen die Mimis auf, fanden ihre kaputte Mutter und fütterten sie mit Schmerztabletten, die sie schließlich in die Lage versetzten, eine stabile Rückenlage auf dem Sofa einzunehmen.

Natürlich trägt man am dritten Tag, kaum kann man wieder aufstehen und das Haus verlassen, auch wieder Schuhe mit Absätzen, hat also keinerlei Mitleid verdient und muss sich strafweise vom feschen Fotografen auslachen lassen, als man das Stammlokal rechtwinklig und eher subelegant betritt. Betrippelt, eine würdelose Gangart jedenfalls, was auch immer, allerdings braucht sich der FF gar nicht aufpudeln, der fällt ja schon von einem Flascherl Sprudelwein zu Mittag um, ich werde jetzt nicht darauf herumreiten, aber Schwächen hat jeder.

5) Die eigenen Schwächen respektieren lernen. Ja. Eh.

# Vielleicht räuchere ich so die schlechten Vibes weg

21.1. 20.$^{48}$ Uhr. »Californication« ist nur noch albern. Ein Horror, die sechste Staffel. Schon die fünfte war nicht zu ertragen, ich habe hundertprozentig an einigen Stellen die Schauspieler entgeistert über den Text lachen sehen, den sie sprechen mussten, während sie vollkommen bizarre Sexpraktiken ausführten. Ich seh mir dieses Elend nicht weiter an. Eigentlich war nur die dritte Staffel super, und ein bisschen die vierte, als Hank Moody seinen Roman in ein Drehbuch umschrieb.

22.1. 18.$^{34}$ Uhr. Ich will den alten Herd zurück. Wer auch immer die Idee hatte, eine elektronische Steuerung direkt auf einer Glaskeramikplatte anzubringen, hat selber offenbar noch nie was anderes gekocht als Crack in Alufolie.

23.1. 7.$^{01}$ Uhr. Kurz bevor ich beschließe, den Rest des Winters einfach nicht mehr aufzustehen, fängt das Vitamin B12 an zu wirken, das mir die Ärztin aufgrund eines empfindlichen Mangels desselben verordnet hat. Es ist ein Wunder. 20 Tropfen, das Leben wie neu.

23.1. 14.$^{15}$ Uhr. SMS von diesem wunderbaren jungen Schauspieler: Seine Gattin ist überraschend verhindert, will ich ihn vielleicht zum Filmpreis ins Rathaus begleiten?

23.1. 17.$^{16}$ Uhr. Marandjosef, was ziehe ich bloß an. Gute Tipps von fünf zehnjährigen Mädels, die in unserem Wohnzimmer Referat vorbereiten, allerdings kann ich, als ich ins Bad eile, gut sehen, dass sie die Augen verdrehen wie Michelle Obama beim Inaugurationslunch.

23.1. 22.$^{54}$ Uhr. Dem 2013er-Vorsatz, für mich kein Polyestergewand und, was im Prinzip kongruent ist, nie wieder Billigkettenkleidung zu kaufen, sondern nur noch erlesene Second-Hand-Ware, füge ich einen weiteren hinzu, während ich auf Highheels über den Marmorboden des Rathauses schlittere und versuche, die funkensprühende Affäre, die mein Kleid mit meinen Strumpfhosen eingegangen ist, zu sabotieren: Auch die alten Synthetikkleider, und seien sie noch so wundervoll smaragdgrün und von fünf Zehnjährigen hochgedaumt, werden jetzt alle erbarmungslos entsorgt. Dabei hat das Kleid letztes Mal, bei dieser Hochzeit, super funktioniert, offenbar war da weniger Elektrizität in der Luft. Gut, die waren auch schon sehr lange zusammen.

24.1. $1.^{53}$ Uhr. Noch besser: Ich verbrenne das Kleid und räuchere damit die schlechten Vibes weg, die offenbar, so lernte ich es gerade eben in einem längeren Gespräch, von mir ausgehen. Es ist im Prinzip eine Hank-Moody-Situation, nur ohne den Glam, den Sex und die Drogen. Die lebenskluge Frau Sch., die ich hernach an der Bar anjammere, lacht nur und rät: heimgehen, alles wegduschen, und falls räuchern, lieber nicht mit dem Plastikkleid. Ich entscheide mich ersatzweise für noch ein Glas Wein, was meine Standfestigkeit auf dem Rathausboden sowie alles Weitere nicht begünstigt.

24.1. $6.^{40}$ Uhr. Darf ich BITTE weiterschlafen?

Dankedankedah

# Dann doch lieber abgehackte Gliedmaßen

29.1. 11.⁰⁷ Uhr. Seit fünf Jahren lasse ich mir die Haare wachsen. Als ich damit anfing, reichten sie mir knapp bis zum sechsten Halswirbel. Jetzt reichen sie mir knapp bis zum sechsten Halswirbel. Das ist aber nichts im Vergleich zu dem gelben Netzleiberl, das Lena Dunham in Folge drei der zweiten »Girls«-Staffel trägt. Das wird, die Reisinger und ich sind uns einig, nicht zu toppen sein, niemals. Erneut: unendliche Dankbarkeit, dass ich nie wieder 21 oder 25 sein muss. Und dass es zu der Zeit, als ich es war, weder Kamerahandys noch Internet gab, und keine Blogportale, die naive junge Autorinnen dazu ermunterten, doch einmal die Grenzen ihrer sittlichen und stofflichen Integrität zu Zwecken der Akkumulierung von Ruhm, Routine und eventuell Reichtum zu überschreiten. (Wir überschritten diese Grenzen zu unserer Zeit für umsonst.)

Einerseits. Andererseits werde ich in absehbarer Zeit die Mutter von 21- oder 25-jährigen Töchtern sein und könnte darob schon einmal anfangen, mir Sorgen zu machen. Tatsächlich überlege ich, ob ich aus Gründen der Abschreckung mit den Girls »Girls« schauen soll, aber während sich die zehnjährigen Mimis, trotz des jahrelangen Widerstands ihrer Eltern, im Fernsehen längst völlig ungerührt Filme voller abgehackter Gliedmaßen und entsetzlicher Todesarten anschauen, hindert mich etwas, sie dem Grauen von »Girls« auszusetzen. Dann lieber die nächste Staffel »Downton Abbey«. Die haben auch arge Probleme, aber keine, die wir je haben werden.

30.1. 11.²⁰ Uhr. Eine Freundin, nach der Lektüre des letzten Logbuchs: Sei ich sicher, dass Vitamin B12 mein Leben gerettet habe? War es nicht vielleicht Vitamin D, das Sonnenlicht-Vitamin? Äh, uh, ja, stimmt. Vitamin D!!! Macht sonniger, aber klüger halt nicht.

31.1. 6.$^{54}$ Uhr. Der Rauchfangkehrer betritt die Wohnung, und mehr als 25 Jahre nach meiner Flucht aus dem ordentlichen Vorarlberger Elternhaus gelingt es mir noch immer nicht, nicht zu denken, was der Rauchfangkehrer wohl denkt, wenn er dieses Chaos sieht. File under »vertrottelt«. Es wird nicht besser werden, wenn übermorgen die Schwestern samt Kindern auf Besuch kommen.

31.1. 10.$^{13}$ Uhr. Ich schicke einer Freundin ein paar Fotos, die ich letzte Woche, als es noch Schnee hatte, beim Rodeln gemacht habe: ihr Kind, noch ein Kind und die Mimis auf der Aussichtsplattform der Kammersteinhütte über Perchtoldsdorf, alle in knallbunten Hosen, Jacken und Hauben, alle lachend und fröhlich, und hinter ihnen liegt schwarzweißgrau die verschneite Hügellandschaft von Niederösterreich. Sie mailt zurück: »Wow, wie schön, und wie gut wir es haben.« Ja, das haben wir. Das haben wir wirklich.

2.2. 8.$^{01}$ Uhr. Ein SMS von meiner Schwester glonggt mich aus dem Schlaf: Sie sitzen im Zug und trinken in Vorfreude den ersten Prosecco. Guten Morgen, das war jetzt ein Witz oder? Nein, das ist Ernst. Aha; Prost, ich muss jetzt aufräumen.

# Damit solltest du langsam fertig werden

18.2. Eigentlich dachte ich, die Spießer/Nichtspießer-Debatte sei längst erledigt, man hätte sich jetzt darauf geeinigt, dass in derartigen Kategorien zu denken doch sehr letztes Jahrtausend sei. Ich dachte, man sei übereingekommen, dass sich Lebensweisen ändern können, man, zwangsweise oder aus freien Stücken, oft nicht nur von einer zur nächsten wechselt, sondern mitunter vor und retour, bisweilen mehrmals am Tag. Aber gestern erklärte mir Honzo, dass er mich ja mag und alles, aber diese Back to nature-Attitüde mit dem Backen und dem Gärtnern und dieser Genießen-Sache, das beelende ihn.

Jetzt abgesehen davon, dass ich das Wort »Genuss« und alle seine Abwandlungen ablehne, weil ich es so abstoßend finde, besonders im Zusammenhang mit »Freunde des Höheren«: Ich verstehe einfach nicht, was daran deprimierend – oder »spießig«, wie es eben üblicherweise genannt wird – sein soll, wenn jemand Paradeiser pflanzt oder einen Teig zusammenknetet und daraus im Ofen ein Brot backt. Oder kocht, oder näht.

Man kann es nur so interpretieren, dass beängstigend viele Menschen nicht in der Lage sind, mit ihrer Kindheit in den kleinbürgerlichen und sparefrohen 1970er-Jahren abzuschließen und endlich mit der Angst fertig werden, man könnte so werden wie die eigenen Eltern. Scheint's plagt viele auch post 40 und nach zig Therapien die Sorge, sie würden sich, wenn sie einen Kuchen in den Ofen schieben oder einen Setzling in die Erde stecken, jäh in den eigenen Vater oder, für Kerle wie Honzo natürlich noch horribler, in die Mutter verwandeln, und die jahrzehntelangen Bemühungen, ein von den genetischen und pädagogischen Verwüstungen der direkten Vorfahren unkontaminiertes oder zumindest geheiltes Dasein zu führen, seien in dem Moment, in dem die Backofentür zufällt, zunichte gemacht. Anscheinend stinken Kochen, Nähen, Gärtnern, Stricken und Brotbacken auch 30 Jahre später noch nach Biederkeit und jener Bürgerlichkeit, aus der man aus objektiv guten Gründen floh.

Aber irgendwann muss man das doch auseinanderdividieren können, irgendwann muss man doch in der Lage sein zu sagen: Gut, das war das, und nicht alles, was die Eltern gemacht haben, war oasch. Beziehungsweise: Ungut war in erster Linie der Zwang, unter dem es geschah, vor allem der gesellschaftliche, der die Frauen in die Küche, und der ökonomische, der sie im Gemüsebeet auf die Knie zwang und hinter die Nähmaschine, und den kleinen Honzo in umgenähte Frauenjeans oder sonst irgendwas, das ihn bis heute traumatisiert. Das steinharte Jausenbrot, die selbstgezogenen Kohlsprossen am Teller, whatever.

Nichts davon ist mir fremd. Trotzdem. Dass man vormittags Marmelade kocht, hindert einen ja nicht daran, abends mit einem Vollidioten über den menschenwürdigen Umgang mit Asylwerbern zu streiten; gerne auch in, wasweißich, Chloé-Heels und unter dem Einfluss von. Oder. Eben.

# Die Wiener sind viel netter, als man glaubt

19.2. Glückskeks: »Prepare for a sudden needed and happy change in plans.«

22.1. 0.$^{48}$ Uhr: Der junge Herr ist sehr nett. Er kommt gerade von einem Konzert mit seiner Band. Eben wusste ich noch, wie die Band hieß, er hat gesagt, ich solle mir das bitte merken, und gleich fällt's mir wieder ein, gleich. Drei Wörter, guter Name. Wir plaudern. Eine freundliche junge Frau gesellt sich zu uns und fragt, ob alles o.k. ist, diese Unterhaltung sieht ihr wohl etwas suspekt aus. Die Menschen in Wien sind viel freundlicher, als immer behauptet wird. Der junge Herr sagt mir noch einmal, wie seine Band heißt. Ich unterhalte mich gern mit ihm, auch wenn's mir lieber wäre, wenn ich dabei nicht auf einem feuchten, kalten Gehsteig auf dem Rücken läge. Es fängt gerade an zu schneien, und die Kälte kriecht mir vom Boden langsam durch den Parka in den Rücken. Ich versuche, eine einigermaßen würdevolle Haltung einzunehmen, was misslingt.

Ich war mit der Ritterin im Wetter, es war nett und lustig, wir hatten uns schon länger nicht gesehen und drei oder vier Achterl gemischten Satz vom Christ, nicht arg, alles im grünen Bereich. Danach hatte ich mich von der Ritter verabschiedet, war aufs Radl gestiegen, zu meiner Werkstatt gefahren, hatte das Rad abgestellt und den Laptop aus der Werkstatt geholt. Dann wollte ich wieder auf das Rad steigen. Der junge Herr, der eben des Weges kam, hat »HU!!!« gerufen oder »HEILIGER!« oder sonst einen Ausruf überraschten Schreckens getan, als ich mit den Stiefeletten vom nassen Pedal abrutschte und samt dem Rad zu Boden ging, das Rad scheppernd, ich fluchend. Wahnsinnig peinlich, das.

Geht schon, nana, danke, geht schon, nix passiert. Ging aber nicht, sodass man dann doch bereit gewesen wäre, das Angebot des Herrn, einem beim Aufstehen zu helfen, anzunehmen, aber mit seiner Hilfe ging es auch nicht. Kleiner Schmerz im linken Haxen. Man teilt dem jungen Herrn mit, man wolle lieber noch ein wenig liegen bleiben, es werde gleich besser, man brauche nur noch einen Moment.

Die junge Frau fragt, wo es wehtut. Im linken Fuß ein bisserl, geht gleich wieder. Wo genau. Da: Man zieht den Schuh aus, das ist nicht angenehm, und der Fuß steht zum Haxen in einem originellen Winkel. Der junge Herr ruft die Rettung. Die junge Frau sperrt mein Radl ab. Man fängt allmählich an zu begreifen, dass dieser Moment den Beginn einer großen Hilflosigkeit markiert. Happy change, stand in dem Glückskeks, happy!!! Die Rettung kommt, man packt mich auf eine Bahre.

23.2. 14.$^{50}$ Uhr: Das Fenster im Wilhelminenspital ist ein Drittel Föhre, vom Schnee schwer gedrückt, zwei Drittel trübes Grau. An der Wand hängen nebeneinander eine Uhr, ein Notausgangszeichen und ein Kreuz. Ich habe jetzt eine Platte und sieben Schrauben in meinem Knöchel. Morgen darf ich heim. Mir fällt noch ein, wie die Band hieß, es fällt mir fix wieder ein.

# Es ist nicht wie in der Südsee, aber

29.3. Karfreitag. Es schneit in dicken Flocken. Es schneit auf das schon Verschneite hinauf und macht den Schnee mehr, der schon liegt. Das könnte einen deprimieren. Ist aber eh schon wurscht. Soll es schneien. Man hat ein Mail bekommen von einem, der gerade auf einer Südseeinsel in einer Hütte lebt, nachts nackt ins Meer taucht und dabei das Universum anstaunt, und man denkt über dieses Mail nach, während man um fünf Uhr Früh im Daunenmantel vor der Haustür hockt und raucht und darauf wartet, dass drinnen der Holzofen wieder heiß wird und das Heizkörperwasser erhitzt.

Es ist noch dunkel. Es schneit. Das Katzenfutter ist gefroren. Man geht wieder hinein, setzt sich auf einen Schemel vor dem Ofen und beobachtet das Thermometer an der Heißwasserpumpe, der Zeiger ruckelt ganz langsam Richtung 100 Grad. Es ist sehr still. Der Zeiger bewegt sich kaum, man legt zwei Scheite nach, zieht den Mantel an und setzt sich wieder vors Haus. Es wird langsam hell. Eine Amsel fängt an zu singen, dann noch eine. Man staunt das Universum an, das sich irgendwo hinter dem Geschneie versteckt.

Man raucht. Man denkt an die Installateure. Im Waldviertel schieben die Installationsbetriebe jetzt Sonderschichten, weil die dummen Wiener in ihre Sommerhäuser zurückkommen und Probleme mit ihren Wasserpumpen und ihren Rohren und ihren Heizungsventilen haben.

Es muss gut sein, Installateur zu sein. Natürlich, man arbeitet in der Nässe und in der Kälte, aber wenn man in die Häuser kommt, deren Bewohner einen verzweifelt angerufen haben, weil ihnen das Wasser aus allen Rohren spritzt, wird man mit tiefer, universaler Dankbarkeit empfangen. Und wenn man wieder geht, und es spritzt kein Wasser mehr aus den Rohren, und es sind neue Ventile dort, wo sie hingehören, Ventile, die die Hausbewohner nun mit einer Hand auf und zumachen können, anstatt sie mit der Rohrzange zu zerquetschen und nicht mehr zuzukriegen, dann sind die Bewohner noch dankbarer, und der Installateur fährt zufrieden in sein trockenes, sauberes Zuhause, wo im Badezimmer nicht zehn Zentimeter hoch kaltes, schmutziges Wasser steht. Er zieht seine Installateursuniform aus, schlüpft in die Patschen, setzt sich vor den Fernseher und denkt an die dankbaren Hausbewohner zurück, die nun in Gummistiefeln das Wasser aus ihren Badezimmern schöpfen. Installateure schlafen sicher gut.

Man geht wieder hinein, setzt sich auf den Schemel, und als der Zeiger bei 120 Grad ankommt und der Ofen zu klopfen anfängt, lässt man das heiße Wasser durch dichte Rohre in die Heizkörper ab und spürt, wie es wärmer wird. Es ist nicht, wie unterm Sternenhimmel in einem warmen Ozean zu schwimmen, aber. Man geht wieder ins Bett und schläft weiter. Draußen fallen Flocken, dick und dicht.

# Perfekte Mutter, ist doch gar nicht so schwer

3.4. 16.$^{20}$ Uhr. Man bringt die Mimis zum Sportunterricht in die X-Schule, erstmals mit der Bim. Bevor die Mimis aussteigen, um den Rest des Wegs mit einer älteren Kollegin zu gehen, wird ihnen noch einmal ganz genau die Heimkehrstrategie erklärt: Ein Taxi wird um Punkt 19.10 Uhr vor der Schule warten, der Fahrer wird eure Namen und die Adresse kennen, ihr steigt ein, fahrt nach Hause, ich zahl das Taxi dann. Alles klar, schafft ihr das? Jaha, Mutter!

18.$^{05}$ Uhr. Man ruft beim Taxiunternehmen an und gibt die Adresse der X-Schule durch, die man vorher sicherheitshalber noch einmal im Internet verifiziert hat, die Heimadresse, die Telefonnummer, man lässt alles noch einmal wiederholen. Gut, danke.

19.$^{02}$ Uhr. Zur Feier des neuen Schritts Selbstständigkeit der Mimis kocht man ihr Zweitlieblingsabendessen, Dessert ist schon im Kühlschrank, Tisch gedeckt. Das Handy lässt man seit einer halben Stunde nicht aus den Augen.

19.$^{11}$ Uhr. Nachdem man gecheckt hat, dass man Schlüssel und Handy in der Jackentasche hat, stellt man sich vors Haus und wartet. Perfekte Mutter, ist doch gar nicht so schwer.

19.$^{39}$ Uhr. Acht Taxis sind schon vorbeigefahren, keines enthielt die Mimis. Es ist kalt. Man holt das Handy raus, schauen, wie spät es ist. Das Handy zeigt drei Anrufe des Taxiunternehmens, je vier von jedem Mimi, drei unbekannte, drei von einer Buchhandlung in der Nähe der X-Schule. Es wird einem klar, dass man das Handy nicht wieder laut gestellt hat, nachdem man es im Spital, bei der Haxen-Kontrolle, still schaltete. Man ruft in der Buchhandlung an und erfährt, dass zwei aufgelöste Mimis dort Asyl gefunden haben, man kriegt sie ans Telefon: Kein Taxi sei gekommen, man habe EWIG gewartet! Und warum hebst du nicht ab????

Man ruft das Taxiunternehmen an und brüllt – das ist doch nicht möglich, Himmelherrgott!!! – jemanden zusammen, der schwört, der Fahrer habe zehn Minuten vor der X-Schule gewartet, und man habe ja versucht, anzurufen. Äh, ja. Man bestellt ein neues Taxi zur Buchhandlung, und während man weiter wartet, steigt ein Verdacht in einem hoch: Hat man das Taxi zur richtigen Adresse geschickt? Sicher. Oder? Findet das Training nicht in der Y-Schule statt, in der Parallelgasse der X-Schule? Der Verdacht – hat man das nicht schon einmal verwechselt? – verklumpt sich magenwärts zur Gewissheit.

19.$^{44}$ Uhr. Man nimmt vom Taxifahrer zwei schluchzende Mimis entgegen und entschuldigt sich ungefähr eine Million Mal.

19.$^{48}$ Uhr. Während die Mimis finster in dem Essen stochern, das, was sie bitte schon mehr als einmal zur Kenntnis gebracht haben, schon lange nicht mehr zu ihren Lieblingsessen gehört, versichert man ihnen, wie großartig sie das gemacht haben, und sich selbst, dass sie das gewiss stärker gemacht hat, ganz bestimmt. Perfektion: Sag ich doch.

# Das ist natürlich komplett für den Dings

18.6. 11.$^{15}$ Uhr, Nicht gut zusammenpassende Faktoren: Temperaturen um die 40 Grad und ein mörder Darmvirus. Während ein Mimi sich den Magen aus dem Leib reihert, keuche ich vom Fußboden her, dass ich ihm leider nicht die Haare aus dem Gesicht halten kann, ich muss mich kurz hinlegen, sonst falle ich in Ohnmacht, wie weiland bei der Kreisky-CD-Präsentation im Flex-Klo.

19.6. 10.$^{40}$ Uhr. Besser, aber noch lange nicht gut.

17.$^{01}$ Uhr. Mein Zürcher Freund Haemmerli, wer sich erinnert, der Haemmerli, der immer gebrüllt hat: Kneeee-eecht!, du sollst nicht immer so viel Mutter sein, du darfst, Kneeeecht!, die wichtigeren Dinge im Leben nicht von deinen Mimis verdrängen lassen, dieser Haemmerli also postet auf Facebook zwei Fotos eines Neugeborenen. Der Säugling schaut schon jetzt so vorwitzig und aufsässig, wie Haemmerli ist, die Vaterschaft lässt sich nicht verleugnen. Gratuliere, Haemmerling! Dem Posting, in dem Haemmerli brav Länge und Gewicht seines Sohns rapportiert, hat er eine Verlautbarung beigestellt: Er habe sich ja zeit seines bisherigen Lebens nicht für Kinder interessiert und sei stets froh gewesen, wenn er mit seinen bekinderten Freunden nur über alles andere habe reden dürfen, und er und die Kindsmutter gedächten nun, ebenfalls Eltern ohne Rufzeichen zu werden. Aber gewiss, Haemmerli, und das Posten von Babyfotos straft dich auch gar keine Lügen. Ich schreibe ihm ein Gratulationsmail mit dem Rat, er solle sich lieber gar nicht erst die Mühe machen, so zu tun, als sei sein Kind nicht das Wichtigste auf der Welt, das macht nämlich besonders in der ersten Zeit alles nur noch anstrengender, als es ohnehin schon ist.

$15.^{30}$ Uhr. Ist natürlich fürn Dings. Ich kenne das schon. Drei Monate lang werde ich von Haemmerli hören, dass doch bitte alles ganz easy sei und dass er überhaupt nicht verstehe, was ich immer gestöhnt habe. Dann wird das Kind aufwachen und ich werde lange nichts von Haemmerli hören, und nach ein paar Monaten wird Haemmerli die magischen Worte sprechen, die irgendwann alle sagen: Ich weiß nicht, wie du das mit zweien geschafft hast. Schon gut, Haemmerli, es wird alles gut.

Wo auch immer: Denn natürlich kann Haemmerli nicht wie andere Leute einfach einen Sohn in die Welt setzen, nein, es muss ein Brasilianer sein, und deshalb begab sich Haemmerli mit der bauchigen Frau ein paar Tage vor der Niederkunft in ein Flugzeug nach São Paulo. Ums Haar wäre das Kind aber Argentinier geworden, weil die bauchige Frau hatte irgendwas mit dem Visum verkackt, und man wollte sie erst nicht weiterreisen lassen. Es ging sich aber alles knapp noch aus.

25.6. $07.^{02}$ Uhr. Haemmerli postet auf Facebook ein Foto, das ein strahlendes Jungelternkünstlerpaar und einen sechs Tage alten Säugling auf seiner ersten Vernissage vor lustiger Kunst zeigt. Geht schon los, ich habe es doch gesagt.

# Gute Nacht, habtses alle noch nett!

Endlich die Weltformel gefunden. Sie lautet wie folgt: vor Mitternacht ins Bett. Jetzt außer natürlich, man arbeitet nachts. Wenn man nicht arbeitet: immer vor Mitternacht ins Bett. Konsequent vor zwölf verschwinden, egal wo man gerade ist. Abgang machen, polnisch oder anders, Hauptsache vor Mitternacht. Das Einzige, was man verpasst: mehr Alkohol. Und ein paar eh nette Gespräche, an die man sich anderntags allerdings kaum noch erinnern kann. Und ein paar Sätze, die man dann definitiv lieber nicht gesagt hätte. Und den Rotweinfleck auf der schönen Vintage-Seidenbluse, die man erst letzte Woche ersteigert hat. Und dass die hohen Hacken zum Sicherheitsrisiko werden. Und den Monolog von dem einen (es gibt immer einen), der mit seiner Punkt-und-Beistrich-losen-Ansprache das Stammlokal oder den Backstageraum vom Rabenhof ausbetoniert, ohne eine einzige Luftblase. Und die 40 Tschick, die du zwar nicht selber, aber trotzdem rauchst. Und natürlich die Schnäpse, die zuverlässig irgendwann irgendeiner vor dich hinstellt, ein Mitgefangener oder der Wirt oder der Kellner, und die man, aus Gründen der Höflichkeit und des Klimaschutzes, natürlich nicht verderben lassen kann und die anderntags um ein Mehrfaches den Kater multiplizieren, der krank macht und arbeitsunfähig und ein mörder Schädelweh, das einen grantig sein lässt zu Kindern und Gespons und Kollegen. Und die Frau ist auf einen sauer, weil man brutal aus der Goschn fäult, das macht auch nicht froher. Ausreichend Schlaf dagegen … Es gibt im Jahr höchstens einen Abend, an dem es einen Sinn hat, länger als bis Mitternacht zu verweilen. An allen anderen: Gute Nacht, habtses noch nett.

Das war die Weltformel, vielen Dank.

Es existieren dann noch ein paar Ergänzungsnebenformeln, die das Leben optimieren oder zumindest massiv erleichtern. Erstens: Frühstück, Mittagessen, Abendessen. Zweitens: dazwischen nichts als Tee. Drittens: nicht schreien, nicht schnauzen; lieb sein. Viertens: Hass ist eine Avocado. Fünftens: Avocados schält man nicht, weder mit dem Messer, noch mit dem Sparschäler, Avocados halbiert man und höhlt sie mit einem großen Löffel aus. Sechstens: Das hätte man auch schon früher schnallen können, bevor man im Laufe des Lebens Aberdutzende Avocados beim Schälen zerquetscht, ruiniert, verschwendet hat, aber. Siebtens: Manche Dinge, manchmal auch ganz unspektakuläre, schnallt man erst im Laufe des Lebens. Achtens: Einen Erwachsenen ändern zu wollen, hat nur dann einen Sinn, wenn man selbst dieser Erwachsene ist, sonst nichts wie Ärger und Frustration. Neuntens: Bei Fleisch und Sushi macht billig oder teuer einen Unterschied. Zehntens: Man kann nicht alles haben. Elftens: Musik hilft, und wenn sie nicht mehr hilft, ist es okay, sich von anderen helfen zu lassen. Zwölftens: Tagsüber eher flache Schuhe. Dreizehntens: Diese Liste könnte man endlos fortsetzen. Vierzehntens: Es ist immer ein Zimmer zu wenig.

# So eine Sensation ist das nun auch wieder nicht

Damals hat mir Haemmerli, glaube ich, immer gesagt, ich solle doch jetzt schön langsam wieder etwas cooler werden, trotz meiner Babys. Eh toll, das alles. Er freue sich eh sehr für mich. Er glaube das schon, dass das eine interessante Sache sei, die Elternwerdung. Er verstehe das schon …, dass man das süß finde, so ein Baby, und dass einen das beschäftige, jedenfalls eine Zeitlang. Aber, sagte Haemmerli. Bisschen mehr Gelassenheit, man sei ja nun nicht die Erste, die Nachwuchs in die Welt gesetzt habe, so eine Sensation sei das nun im Weltganzen bewiesenermaßen nicht. Er hat mir, glaube ich, in der Hummer-Bar in Zürich einen langen und eindringlichen Vortrag darüber gehalten, dass das so nicht weitergehe mit mir. Dass ich mich allmählich wieder daran erinnern müsse, dass ich einmal keine Mutter gewesen sei, sondern eine smarte, junge Autorin. Es gehe irgendwie nicht, hatte Haemmerli gepredigt, dass nun auf einmal plötzlich meine Kinder das Zentrum meines Fokus besetzten, da müsse wieder das Schreiben hin, Literatur, Politik und Kunst, ganz viel Kunst.

Ich glaube, ich habe Hummer gegessen und genickt. Ich glaube, die Kinder waren damals fünf Monate oder so. Es ist sehr schwierig, fünf Monate alte Zwillinge aus dem Fokuszentrum zu rücken, wenn man ihre Mutter ist. Ich habe damals wohl versucht, Haemmerli das zu erklären, war aber, glaube ich, zu erschöpft, um eine Formulierung zu finden, die über lasche Selbstverteidigung hinausreichte. Ich glaube, Haemmerli sagte, ich müsse viel öfter raus, viel öfter ohne die Kinder sein, um intellektuell nicht völlig zu verkümmern, um vor lauter Babywahn und Elternstolz nicht ganz den Anschluss an die Realität zu verlieren. Ich müsse, das sagte Haemmerli glaube ich, dringend lernen, meine Gluckengefühle und den

Drang, Fotos der Baby-Mimis herumzuzeigen, entschieden besser zu kontrollieren. Eh seien sie süß, und er glaube auch, dass ihre Versorgung aufwendig sei, sagte Haemmerli, aber es sei alles eine Frage von Wille und Organisation.

Das sagte Haemmerli, so oder so ähnlich, er hat mir das gerade schriftlich bestätigt, er habe das nämlich »der ganzen Welt geraten, was heißt geraten, verordnet«. Und ich habe mich jetzt nur daran erinnert, weil mich Haemmerli kürzlich auf Facebook eingeladen hat, die Seite »Junior Haemmerli« mit »Gefällt mir« zu markieren. Das habe ich natürlich gemacht und werde jetzt gut versorgt mit den jeweils neuesten und witzigsten Fotos von Haemmerlis drei Monate altem Sohn. Er ist wie alle Babys sehr süß, der kleine Haemmerli. Und er steht, wie die meisten drei Monate alten Menschen, meistens vor vier Uhr früh auf.

Haemmerli klingt am Skype mitunter etwas erschöpft jetzt, aber er gibt sich redlich Mühe, den Anschluss an die Realität nicht zu verlieren und intellektuell und politisch nicht zu verkümmern, aber das Baby sei halt schon großartig. Wahnsinn, eigentlich. Es ist jeden Moment damit zu rechnen, dass Haemmerli eine Väterkolumne beginnt. Mir schwillt das Herz vor Freude.

## Und es ist mir egal, weil: Ruhe

Das Mantra, das mich über die Dehipsterisierung rettet, lautet: What would Tilda Swinton do? Funktioniert meistens. Würde sie das heute anziehen oder das? Würde sie diesen Termin wahrnehmen? Wie auf dieses impertinente Mail antworten? Tee oder Schampus? Hoch oder flach? Van Morrison oder Lykke Li? Damit kommt man über ziemlich viele schwierige Situationen im Leben. Leider weiß ich nicht, ob Tilda Swinton auch praktisch täglich das dringende Bedürfnis verspürt, ihren Kindern die Smartphones aus der Hand zu schlagen und brüllend auf dem Boden zu zertreten. Natürlich bereue ich bitter, vor ein paar Wochen den Mimis nachgegeben und ihre Schrotthandys durch brauchbare Smartphones ersetzt zu haben, weil, eh klar, alle, alle, alle anderen super Smartphones haben. Und damit Whatsapp, und wenn man kein Whatsapp hat, ist man ausgeschlossen, nämlich total.

Whatsapp braucht man, und zwar u.a., damit man ausgeschlossen werden und ausschließen kann. Denn neben den durchaus netten kommunikativen Benefizien dieser App ist sie ein fantastisches Mobbing-Tool. Alles ist gut, solange alle in der Gruppe lieb sind. Wenn einer nicht mehr lieb sein will, gnade Gott. Dann kannst du daheim traurige Teenies trösten, weil die Dings so gemein war und den traurigen Teenie einfach aus ihrer Gruppe schmiss. Auch nicht ratsam: Das Smartphone bei Partys ungesichert herumliegen zu lassen, so dass es andere Kinder in die Hand bekommen. Worauf sie im Namen des Smartphone-Besitzer-Teenies in einer offenen Whatsapp-Gruppe harmlose kleine Frechheiten an ein anderes Kind schreiben, worauf alle gemeinsam den Punkt übersehen, an dem die Sache völlig eskaliert, worauf sie plötzlich mitten in einem brutalen Konflikt sind, der alle völlig überfordert.

Wir waren da bereits überall. Wir wissen nun: Ein Smartphone ist ein machtvolles Instrument, und wenn man das nicht begreift und respektiert, kann viel Böses, Verletzendes und Gefährliches herauskommen. Ich weiß jetzt auch: Nicht nur die meisten Kinder haben davon nicht die geringste Ahnung, auch ihre Eltern nicht. Sie wissen nicht, wie schnell ihr sonst liebes, höfliches, über Diskriminierung aller Art sorgfältig aufgeklärtes Kind plötzlich Begriffe wie Schwuchtel, Schwanzlutscher, Nutte, Hure und Schlampe zur Hand hat und sie in Verletzungsabsicht gegen andere Kinder verwendet. Sie wissen nicht, was für Videos ihr Kind sieht, in was für Gruppen es chattet, was für Selfies es auf Instagram postet und, vor allem, wer seine Follower sind, von denen das Kind, wenn man genau nachfragt, mindestens ein Drittel nicht kennt.

Sie wissen höchstens, wie süchtig Smartphones machen, und vielen ist es egal, weil: Ruhe. Während ich die Handys der Mimis minimum dreimal die Woche brüllend zertreten will, wenn ich sie unter der Bettdecke hervorfische, wo sie wieder heimlich gedaddelt oder irgendwas haben, trotz klarer Abmachungen. Was würde Tilda Swinton tun? Keine Ahnung, leider.

# In anderen Familien wären jetzt alle tot

Wie jedes Jahr wurde auch in diesen Weihnachtsferien die These untermauert, dass Fortysomethings nicht mehr bei ihren Eltern wohnen sollten. Auf keinen Fall länger als drei Tage. Unter keinen Umständen acht Tage und acht Nächte lang. Und um Himmels Willen nicht im alten Kinderzimmer. Selbst dann nicht, wenn dieses längst zum Ankleidezimmer des alten Herrn geworden ist. Ganz besonders nicht, wenn es über kein Schloss verfügt und der alte Herr periodisch vergisst, dass seine erwachsene Tochter in seinem Ankleidezimmer einquartiert wurde und dieses ohne Klopfwarnung betritt.

Immerhin besteht die Hoffnung, dass er auch das vergisst. Niemals vergisst er dagegen, um 22 Uhr das Internet auszuschalten, wohl weil auch das Internet seinen gesunden Schlaf braucht oder weil es nach 22 Uhr tödliche Strahlen aussendet oder weil böse Satelliten in der Nacht seine Passwörter absaugen, ich weiß auch nicht, fragen Sie mich nicht, ich habe auch nicht gefragt.

Sein Haus, sein Ankleidezimmer, sein Internet. Sein Toaster, der stets exakt auf ein Achtel der zur Röstung einer Toastbrotscheibe notwendigen Zeit programmiert sein muss, sodass man sich bei jedem Toast sieben Mal wundern kann, dass er immer noch nicht ausreichend getoastet ist. Sein Toast, sein Frühstück. Auch so gesehen ist es eine nicht gering zu schätzende gesamtfamiliäre Leistung, dass man nach diesen acht Tagen und acht Nächten grollfrei auseinandergeht, unter liebevollen Umarmungen. In anderen Familien wären unter vergleichbaren Umständen zu diesem Zeitpunkt schon alle tot oder zumindest im Generalenterbungsmodus.

Dennoch wurde jedenfalls einseitig der feste Entschluss gefasst, auf Re-youthing-Erlebnisse dieses Ausmaßes künftig zu verzichten. Höchstens drei Tage nächstes Jahr, allerhöchstens vier oder fünf! Man erinnere mich daran!! Denn leider besteht äußerste Gefahr, dass man den guten Vorsatz im Laufe der nächsten 50 Wochen vergisst, um dann in sentimentaler Bewusstseinstrübung wieder zu denken: Ach die armen Mimis sehen ihre armen Großeltern, ihre armen Cousinen, ihre armen Tanten und ihren armen Onkel so selten, und wer weiß, wie lange diese Harmonie noch aufrechtzuerhalten ist und alles, bleiben wir doch sieben Tage. Oder acht.

Dann liegt man wie die Jahre zuvor in Resignation auf dem steinharten Schlafsofa und starrt auf das Monchichi-Pickerl, das man mit zwölf auf das Resopal des Einbauschranks gepickt hat und das auch dieses Jahr wieder niemand heruntergekratzt hat. Mysteriöserweise, in einem Pedantenhaushalt wie dem altvorderen, in dem am Christbaum die Glaskugeln symmetrisch und in offensichtlich exakt bemessenen Abständen hängen, und unter dem die Weihnachtsgeschenke der Mimis schon am Christtag besser verschwinden, da ihre evidente Unordnung die Stimmung des alten Herrn signifikant trübt.

Egal. Überstanden. 50 selbstbestimmte Wochen liegen vor uns, mögen sie herrlich sein.

# Heißer Käse, der über Kohlenhydrate fließt

Nie ist die Welt so kuschelig und klein wie im Jänner, in keinem anderen Monat im Jahr. Tisch, Bett, Fernseher. Weihnachten ist vorbei, der Sommer ist noch weit, wer nicht im Februar Geburtstag feiert, hat nichts, worauf es sich zu freuen lohnt. Außer darüber, möglichst viel Zeit im Bett zu verbringen und alle verfügbaren »Downton-Abbey«-Folgen und Jane-Austen-Verfilmungen zu schauen. Und, okay, auf die Semesterferien, wo man, während alle anderen auf schmalen Schneestreifen über apere Almwiesen rutschen, noch viel mehr Zeit im Bett verbringen und Janeausteneskes schauen wird. Die Mutter wird hochfrequent in verschämtes Geschluchze verfallen, während die Kinder anfragen, ob sie bitte ausnahmsweise gleichzeitig Film schauen und mit dem Handy spielen dürfen, das sei nun doch ziemlich öd alles. Die Kleider eh schön, gut, aber sonst, dieses Getue wegen nichts immer, also, na ja.

Jänner; am liebsten würde man sich gar nicht mehr anziehen, gar nicht mehr aufstehen, alle Arbeit vom Bett aus erledigen, ungeduscht. Am liebsten auch alle Mahlzeiten im Bett einnehmen, vorzugsweise solche, bei denen heißer, flüssiger Käse sich mit Kohlenhydraten aus Weißmehl vermischt, anschließend Schokobananen, Geleefrüchte getunkt und Mozartkugeln in der Großfamilienpackung. Während im Fernsehen »Dschungelcamp« läuft oder »Das perfekte Dinner« oder sowas. In keinem anderen Monat ist die Lust, sich komplett gehenzulassen, größer als im Jänner. Und in keinem anderen hat man deswegen weniger ein schlechtes Gewissen, und wenn es ein gnädiger Jänner ist, kommt 31 Tage lang kein einziges Mal die Sonne heraus.

Aber okay, man ist eine Erziehungsberechtigte mit, zumindest theoretisch, Vorbildwirkung, müht sich also, nachmittags um halb fünf, wenn die Kinder heimkommen, weder mit dem Laptop auf dem Bauch im Bett vor dem TV-Gerät zu liegen, noch im Flanellpyjama. Stattdessen versucht man schon frühmorgens eine gute Mutter zu sein, steht 20 Minuten früher auf als eh schon und presst den jännergeplagten Kindern mit zwei verschiedenen Elektrogeräten flüssige Vitamine aus diversen Obst- und Gemüsesorten.

Bis einen der Guardian darüber informiert, dass Fruchtsäfte in etwa den gleichen gesundheitlichen Nutzen haben wie Coca-Cola. Man kann also ebenso gut länger schlafen und den Kindern ein Cola hinstellen. Nehmen sie eh besser an als Flüssigkeiten, die unübersehbar Randig enthalten, Randig! Und, wie man jetzt weiß, viel zu viel Zucker, der nun, die Indizien verdichten sich, als der nächste große, böse Feind in der Nahrungsaufnahme überführt wird, ein Suchtgift, das so abhängig macht wie Heroin und auf den menschlichen Organismus eine ähnlich mörderische Wirkung hat. Übel; Zucker ist für diese Familie sehr wichtig. Aber seine globale Ächtung ist unaufhaltsam; ich zögere nur noch, das den Kindern zur Kenntnis zu bringen. Nicht im Jänner, im März vielleicht.

# Ich wünsche ihnen Erfolg, Glück & Reichtum

Wenn zwei Berliner Architektinnen keine Lust mehr haben, Häuser zu entwerfen, entwerfen sie einfach Mode für Kinder, las ich diese Woche in der Rubrik »Heiter bis glücklich« im Zeit Magazin. Das macht mir ein wenig Sorge, weil mir immer öfter auffällt, dass gut ausgebildete Frauen, sobald sie Mütter werden, keine Lust mehr auf ihre Berufe haben, sondern stattdessen lustige Mode für Kinder entwerfen. Was, wenn immer mehr Ärztinnen, sobald sie eigene Kinder kriegen, aufhören, Menschen zu heilen und stattdessen auch lieber Strampelanzüge designen? Buchhändlerinnen, Straßenbauingenieurinnen, Biobäuerinnen, Informatikerinnen, Sozialarbeiterinnen, Regisseurinnen: was, wenn?

Ich weiß nicht, wofür Kinder überhaupt putzige Mode brauchen; putzig sind sie doch eh selbst. Kinder brauchen etwas zum Anziehen, das bequem, stabil und leicht zu waschen ist. Und das ihnen gefällt, weil sie es sonst nicht anziehen, und was Kindern gefällt, gefällt nicht zwingend auch Erwachsenen und vor allem umgekehrt. (Mit den Mimis wurde die Angelegenheit schon vor Jahren dahingehend geregelt, dass wir uns über das draußen herrschende Klima einig sein müssen, alles andere ist zweitrangig. Plus meine Kaschmirpullis sind tabu; eh secondhand, trotzdem.)

In unserer Gegend gibt es jetzt schon vier oder fünf Baby- und Kinderdesignläden, wann immer ein Laden zusperrt, macht dort entweder ein Cupcake- oder ein Kindermodeladen auf, in dem Putzigkleidung verkauft wird, die Erwachsene total süß finden. Früher gab's in der ganzen Straße, ja im ganzen Bezirk kein einziges Kinderlässigmode-Geschäft, und die Kinder waren trotzdem angezogen.

Ja eh, auch ich tendiere zu dem Prinzip, dass man lieber etwas qualitativ Hochwertiges und Haltbares als etwas Billiges, schlecht Verarbeitetes anschafft, nur ist das auf Kinder nicht anwendbar, weil sie aus dem Qualitätsgewand übernächste Woche herausgewachsen sind, und die drei oder vier jüngeren Geschwister, die das dann auftragen könnten, bekommen die meisten Eltern ja heutzutage nicht mehr. Weshalb es mir nicht ganz begreiflich ist, wieso sie derartige Summen in Kindergewand investieren, das ihrem Kind überübernächste Woche nicht mehr passt.

Verstehen Sie mich nicht falsch. Erstens jede, wie sie mag. Zweitens verkaufen die meisten dieser Läden vorwiegend fair aus Biomaterialien hergestellte Kindersachen, das ist zu loben. Drittens behübschen ihre schmucken, bunten Geschäfte die Stadt nicht nur: Einer Stadt, in der sich so viele Menschen sündteure Designerstrampler leisten können, geht es offensichtlich gut. Weshalb ich viertens all den ehemaligen Psychiaterinnen, Lehrerinnen, Nanotechnikerinnen und Baumeisterinnen, die jetzt Kindergewand designen, nähen und in kleinen Läden verkaufen, von Herzen Glück, Erfolg und Reichtum wünsche.

Um die Architektur, die Medizin und die Forschung können sich eh die Männer kümmern.

# Standpunkt, Perspektive, Unschärfe, Licht

Deppertes Profilfoto. Immer wenn einem nach 110 Versuchen endlich eins gelingt, auf dem man halbwegs ansehnlich und, wie man meint, trotzdem wie man selbst aussieht, kriegt man ganz bestimmt einen Kommentar wie diesen: Ma, so schön, du schaust aus wie 16 (oder 20 oder 25), wie machst du das nur! Oder: Wow, bist du schlank geworden! Klingt sehr nett, aber täuscht euch nicht. Es ist überhaupt nicht nett und keineswegs das Kompliment, als das es sich verkleidet. Es ist das Gegenteil eines Kompliments unter einer grinsenden Kompliment-Maske.

Denn was die Freundin (es ist immer eine Freundin und immer eine im ungefähr selben Alter) damit sagt, ist: Ah, tu ma a bissl schwindeln. Wissma doch eh alle, dass du in Wirklichkeit Ringe unter den Augen hast und urfaltig und viel blader bist als auf dem Foto, nur gibst du es nicht zu. Und warum gibst du das nicht zu? Erstens weil du, buuhhh!, eitel bist, zweitens, und viel schlimmer, weil du nicht zu deinem wahren Gesicht, zu deiner tatsächlichen Figur, zu deinem Geburtsurkundenalter stehst. Du belügst uns über dein wahres Äußeres, damit du dich selber belügen kannst, machma sich nix vor. Du. Bist. Nicht. Ehrlich.

Ja! Stimmt! Richtig! Und??? Seit wann darf man sich nicht mehr hübsch machen? Und seit WANN muss man überhaupt ehrlich sein im Internet, seit wann ist das die virtuelle Entsprechung eines Beichtstuhls? Na, eh wird da ein bisschen begünstigt, und es ist sowieso alles eine Frage von Standpunkt, Perspektive, Unschärfe und zu wenig Licht, da braucht man nicht einmal Photoshop. Umso grotesker, dass es auf einmal ein Verbrechen sein soll, dass man der Welt nicht alle seine Makel sofort und als Erstes aufs Aug drücken will. Seit wann ist bitte ein Profilfoto die Entsprechung einer Spiegel-Reportage, nichts als objektive und ungeschminkte Fakten, ta!, ta!, ta!, ta? Eh, natürlich, die ganze Photoshop-Geschichte und das davon ruinierte und zur Karikatur verzerrte Frauenbild und den Druck, der mit solchen Bildern auf unsere Töchter ausgeübt wird und alles, find ich auch nicht gut, eh. Aber meine Güte, Kinder, denen das Fernsehen straflos jede Woche Formate wie »Austria's« und »Germany's Next Topmodel« zumuten darf, orientieren sich sowieso nicht an den Profilfotos ihrer alten Eltern. Mal abgesehen davon, dass kein unter 18-Jähriger, der auf sich hält, noch auf Facebook ist.

Ich will das jedenfalls nicht mehr lesen, das mit dem 16 und dem 25, bei mir nicht und bei anderen nicht. Ich will, dass das Bild, das jeder von sich veröffentlicht haben möchte, ohne zynischen Kommentar akzeptiert wird. Ich möchte, dass sich Frauen nicht dafür rechtfertigen müssen, wenn sie ihre Augenringe nicht rot umrandet, sondern lieber ein bisschen beschönigt herzeigen, weil das Älterwerden auch so schon schwierig genug ist. Ich halte es dann dafür auch aus, wenn es euch vor Schreck ein bissl reißt, wenn ihr mich scharf im grellen Licht der ungeschönten Wirklichkeit seht, passt schon, ist mir wurscht.

# Das ist nicht mehr Mode, das ist nur alt

Gut, dass »Normcore« als der nächste heiße Scheiß ausgerufen wurde, wenn man gerade in labbrigen Jogginghosen und Laufschuhen zwischen Fremden herumsitzt. Man tut das an einem Montagvormittag im Warteraum der Unfallambulanz vom Wilhelminenspital, und die anderen um einen herum sind glücklicherweise auch nicht eleganter. Alles ganz exakt, wie Normcore es vorschreibt: weiße Tennissocken galore, Bequemgewand, Fleecejacken, Crocs, Weltspartag-Sporttaschen, mirdochegal. Mir auch. Wir auf dem Land sind doch sowieso immer und immer schon Normcore, und wir hier im Wilhelminenspital sowieso.

Soweit ich verstanden habe, ist man im Normcore-Trend, wenn man von hinten wie eine minderstilbewusste Person um die 50 oder 55 ausschaut. Was nicht dort stand, ist, ob es okay ist, auch von vorn wie 50 oder 55 oder 47 auszusehen. Wahrscheinlich nicht. Das ist dann nicht mehr Mode, das ist einfach nur alt. Weshalb ich jetzt glaube, ich bin dagegen.

Im Prinzip läuft es ja doch wieder nur darauf hinaus, uns Nichtmehrjunge und Unjunge zu beleidigen, die endgültige Generaldesavouierung durch ironische Spiegelung und anschließende Gegenunskehrung diesmal, weil was, wenn die Saison vorbei und der Normcore-Trend nur noch over ist? Es ist eigentlich eine totale Sauerei.

Andererseits brachte ein Zufall die glückliche Erkenntnis, dass im Leben etwas noch viel Schlimmeres und Würdeloseres existiert, als älter zu werden, nämlich jung zu sein. Ein Diary-Slam zwang einen, in der staubigen Schachtel mit der Aufschrift »Texte, Fragmente u.a., 1984-1991« zu wühlen. Heiliger. 2000 Zettel Depression. Tagebuch hat man ja nie geführt, das war etwas für blonde Mädchen, die Schleicher tanzten und »Hanni und Nanni« lasen. Man selbst bukowskisierte mit zwei Fingern auf der Kofferschreibmaschine kleine, rigoros auf Selbsterlebtem basierende Prosa zusammen, nicht völlig frei von der Idee einer späteren, eventuell posthumen Veröffentlichung; das Ganze auf den Rückseiten von alten Abzügen frohlockender Kirchenlieder, weil neues Papier zu teuer.

Die Lektüre dieser Texte hat jetzt die Wirkung von drei Folgen »Girls« übereinander, minus Hipster-Soundtrack, minus New York. Und ohne das Alexander-McQueen-Kleid, mit dem sich Hannah Horvath in der letzten Folge für ihren traurigen seelenfressenden Schreibsklavenjob entschädigte.

Die Jobs, die man selber hatte, zahlten einem gerade so die Miete für das WG-Zimmer mit dem Wasser am Gang und dem Ernährungsschwerpunkt Dosenmais mit oder ohne Senf. Kein Telefon, kein Vierteltelefon, zeitweise kein Gas und kein Strom, mitunter Raumtemperaturen von unter zehn Grad Celsius. Andererseits hatte man viel Sex und viel Gras, das tröstete. Trotzdem. Ich habe selten eine derart massive Dankbarkeit gefühlt, dass ich niemals wieder 19 sein muss oder 22. Die Mimis tun mir jetzt schon leid. Für mich bitte doch lieber Real-Normcore forever, definitiv.

# Um halb zwei unterm Garderobenständer

Vierundzwanzig Stunden Leipzig, war super. Angekommen, eingecheckt, dann bei der etwas steiflichen Randomhouse-Party gleich einen netten deutschen Verlagsmenschen vertrieben. (»Wie heißt Ihr Roman, ›Gruber kommt‹?« »Nein, ›Gruber geht‹. Er kommt zwar im Laufe des Buches ein paar Mal, aber im Titel geht er.« »Oh, ah, da drüben sehe ich gerade meine Chefin, ich muss dann mal.«) Weiter auf die Tropenparty, um dort gegen Mitternacht dem jungen deutschen Kritikerstar das Wesen der deutschsprachigen Literatur zu erklären. Dann bisschen zur Musik abgezuckt, ordentliches Tanzen war wegen Überfüllung unmöglich. War aber nett zwischen all den angedüdelten Jungverlegern, Kritikern, Buchhändlerinnen, Buchpreisnominierten und anderen Schriftstellerinnen. Kuschelig. Hi, ich schreibe übrigens auch! Gegen halb zwei lag man unter dem Garderobenständer, denn man war zeitig erschienen und hatte seinen schwarzen Mantel an einem der kahlen Äste appliziert, an dem nun weitere 500 schwarze Mäntel wucherten, unter welchen nun der eigene zu ertasten war. Aus dem Blickwinkel eines jungen Starkritikers sieht das womöglich anders und minderelegant aus. Diese peinlichen Österreicherinnen immer! Es ist doch bei jeder Buchmesse dasselbe.

Dann ins Hotel, bisschen schlafen, dann zur Messe, Messedinge tun, lesen, plaudern, beschwichtigen, leer versprechen, endlich einmal wiedersehen, Beute machen und ab dem Nachmittag bei den österreichischen Verlagen um Wein und Sherry vorstellig werden, weil irgendwo, in den Schubladen und Schränken ihrer Messestände, verstecken die das.

Im Beutebeutel fanden sich auch diesmal wieder die Tagebücher von Fritz J. Raddatz, deren zweiter Teil. Daheim wollte man zwischen der vorletzten und der letzten Folge »True

Detective« nur ein bisschen hineinschmökern und nach Art der modernen Menschen ein lustiges Zitat für den Facebook-Status herausfladern, wurde aber binnen Minuten eingesaugt und völlig verstrickt. Herrlich. Gescheit. Irre.

ICHICHICH in den Stilniederungen, in der Undankbarkeitshölle, im ewigen Eis der deutschen Dumpf- und Stumpfheit, die Leute haben überhaupt keinen Anstand mehr, die Verlage sowieso nicht; sagen, man soll ein Glas Champagner auf das schöne Manus trinken, ohne vorher ein Flasche geschickt zu haben, wie es sich gehörte. Am schönsten immer die Stellen, wenn er bei Großschriftstellers eingeladen ist, wie die leben, wohnen, essen, feiern. Manchmal exakt wie wir, Grassens jedenfalls, wo Raddatz mit Unbehagen Schmerztabletten unversteckt »in der beengten Küche« herumliegen sehen und dann auf unbequemen Stühlen aus Ikea-Schüsseln speisen musste. Während Kempowski von seinem Verlag einen Assistenten/Chauffeur/Butler gestellt bekommen hatte: Daran gilt es zu arbeiten, der hätte abends den Wagen vor- und mich von Leipzig heimgefahren.

So teilte ich mir Taxis und Flugzeug mit anderen österreichischen Wortmenschen. War super.

## Okay, was kostet es mich diesmal?

Es geht also los, und es läuft alles gemäß Drehbuch. Sprechen einen die Kinder zwischendurch wider Erwarten doch einmal mit einem Lächeln auf den Lippen an oder melden sich gar freundlichen Tonfalls telefonisch aus der Schule, liegt man selten falsch mit der Eröffnung: Okay, Mausi, was kostet es mich? Ansonsten: frequentes Türenknallen, KEINER HIER VERSTEHT MICH!!!!! Ja, mich auch nicht, warum soll es dir besser gehen. Ich muss dann in die Buchhandlung, schon mal Jesper Juuls »Pubertät« besorgen, soll als Survival Kit sehr brauchbar sein: Bisher wurde auf Ratgeberliteratur ja verzichtet, aber das ist jetzt vielleicht eine Phase, in der ein bisschen Anleitung nicht schaden wird.

Andererseits fährt man jetzt wieder aufs Land, wo es gleich wieder so unglaublich viel zu tun gibt, dass man gar keine Zeit hat, sich um Launen und Wünsche der Erben zu kümmern. Jetzt abgesehen von kleinen Konversationen einschlägigen Inhalts: Zieh dir bitte Schuhe an, so warm ist es noch nicht. Die insgesamt recht kurz geraten, da kinderseits meist sehr Buchstaben sparend reagiert wird.

Nein.

Du ziehst bitte.

Tschü!

Nachrennen sinnlos, mit einer Durchschnittslaufgeschwindigkeit von, Runtastic hat's ausgerechnet, traurigen 7,19 km/h ist man gegen den Nachwuchs längst ohne Chance. Außerdem: mir jetzt wurscht, das Haus muss den Spinnweben entrissen werden, im Badezimmer leckt etwas, alle Gartensessel sind plötzlich moosgrün, das Feuerholz ist knapp, der Schaukelast an der Weide neigt sich gefährlich gen Boden, die Tauchpumpe funktioniert nicht mehr und statt einer Wiese haben wir eine braune Buckelpiste. Wieso bitte stehen Maulwürfe unter Naturschutz? Vom Aussterben bedroht sind sie jedenfalls nicht, wenn man sich das Land grad so ansieht.

Man muss auch mit den Horwaths die Sommersaison offiziell eröffnen und alles bewundern, was neu ist, wobei mein hübscher, gelber 50er-Jahre-Hocker ein bissl abstinkt gegen den wahnsinnsschönen neuen Kachelofen der Horwaths, den man angemessen bewundert, während die Horwathin dem kleinen Horwath hinterherruft, dass er eine Jacke anziehen soll, weil es …

Nein. Tschü.

Man muss auch in den Nachbarort fahren, das Haus von den Neuen bewundern, die dort vor drei Monaten eingezogen sind und jetzt einen Weltrekord in Speed-Integration aufstellen. Die Neuen sind schon mit jeder Wirtin jedes Wirtshauses im Umkreis von zehn Kilometern per Du, kennen deren Kinder und Haustiere, sie wissen, welchen Bauern man anruft, wenn man einen Baum weg braucht, und welcher Installateur auch am Sonntagabend kommt – und wenn im Lagerhaus die Kräutererde in Aktion ist, werden die Neuen von der Lagerhaus-Gerti in Wien angerufen, damit sie's nicht verpassen. Beeindruckend. Schönes Haus auch.

Bei unserem steht dafür wieder einmal das Badezimmer unter Wasser. Könnt ich dann mal die Nummer von diesem Installateur? Danke!

# Man ist ja bitte keine Schülerin mehr

Es ist dann aber immer noch nicht so, dass man gerne von sich hört oder, ausgerechnet in einem gut gemeinten Verteidigungdings, über sich liest, man sei halt mit dem Älterwerden schon etwas sehr langweilig geworden. Das löst immer noch einen spontanen Verteidigungsreflex aus. Erstens, stimmt doch gar nicht!, was ist denn daran und daran und daran langweilig, zweitens, schau dich selber an, wieso soll das weniger fad und spießig sein, was du …? Durchatmen. Wuascht, bitte. Wen juckt's? Man ist ja, wenn das also langweilig ist, gern langweilig, und mit entschiedener Absicht, genau so will man es, und wie andere das rezipieren, spielt normalerweise schon sehr lange keine Rolle mehr. Man ist ja keine Schülerin mehr, die sich von anderen das Dasein benoten lassen muss; setzen, fad. Bizarr, dass es einen dann doch zwickt.

Eh: Andere mögen ihre Sonntage aufregender verbringen, man selbst watet jetzt durchs Badezimmer zur Tiefkühltruhe und holt Eis, eins für die Horwathin, eins für den Horwath, eins für einen selber. Der Horwath rechnet aus, dass das ungefähr die Kalorien sind, die man laut App in der Früh im Wald verbrannt hat. Auch der Horwath lässt sich jetzt von Runtastic seine Sportlichkeit dokumentieren.

Wir lümmeln in der Sonne vor dem Haus, essen das Eis und checken, was der Horwath in der Früh so weggelaufen ist.

Da stehen aber nur vier Kilometer, hast du nicht gesagt, es waren acht?

Ich hab's ja abgestellt, bevor ich zurückgelaufen bin.

Ach so.

Ja!

Und was ist das, bitte? Du läufst mit 21,6 km/h? Du bist mit dem Fahrrad gelaufen, gib's doch zu!

Höchstgeschwindigkeit! Lesen lernen! Und es ging abwärts. DA steht die Durchschnittsgeschwindigkeit.

Das ist deine Durchschnittsgeschwindigkeit? Da gehe ich ja schneller, kuckstu, hier. Magst noch ein Eis?

Exakt vor einem Jahr lagen hier fünfzehn Zentimeter Schnee, und die Kinder haben einen Schneehasen gebaut, jetzt nackte Füße, knallgrünes Gras, knospende Bäume, und wenn es einer von uns schafft, den Hintern vom Sessel zu kriegen, werden wir dann bald den Grill anwerfen, denn wir haben großartige Würste von der Bäuerin und ein Sauerkraut vom Staud.

Die Kinder könnten eigentlich grillen.

Genau, die Kinder sollen das machen, Spitzenidee. Wo sind die eigentlich?

Keine Ahnung. Glas Wein?

Fastenzeit.

Ach ja, Entschuldigung, vergessen.

Natürlich: Das muss man aushalten wollen und können, so ein weitgehend kickfreies Leben. Bzw.: ein Dasein eh voller Kicks, die aber so winzig sind, dass sie für andere mit freiem Auge nicht erkennbar und leicht mit einer Art Wachkoma zu verwechseln sind. Ist das ein Lächeln? Ja, alles fad, bestens.

# Jetzt außer natürlich den Osterhasen

Früher, wenn wir mit dem Zug gefahren sind, pickten die Kinder mit den Nasen am Fenster, und wenn irgendwo, egal wie weit weg, Kühe zu sehen waren, fingen sie an zu hüpfen und schrieen »KÜÄÄÄÄÄÄ!!!!«, und wenn hundert Mal Kühe zu sehen waren, schrieen sie es hundert Mal.

Wenn jetzt sieben Hasen vor dem Zugfenster fröhlich am Feld herumtollen und man zum Fenster hinaus deutet, zucken die Kinder nicht einmal mit dem Augenlid. Die Hasen machen Männchen und winken mit ihren samtenen Pfoten. Die Kinder picken unter ihren Kopfhörern mit den Nasen auf ihren Smartphones. Die Hasen halten jetzt die Ohren steif und bauen sich zu einer Pyramide auf, der oberste schaltet den Hasenohrenpropeller ein und sie heben langsam ab, wobei sie ein vielstimmiges Liedchen singen, das leider restlos vom Lärm des vorbeibrüllenden Zuges übertönt wird. Die Mutter gestikuliert wild; die Kinder unter ihren Kopfhörern zucken verächtlich mit einem Mundwinkel, weil es tatsächlich Erwachsene gibt, die glauben, so was interessiert sie.

So leben wir jetzt. Wir bleiben cool. Auch das Sprechen hat eine ganz neue Dimension angenommen, normales Sprechen gibt es nicht mehr. Es wird entweder nicht gesprochen oder es wird der jeweils erst am Vortag aufgestellte Weltrekord in Silben pro Minute zermalmt. Die Mutter versucht immer noch, das Gehörte zu verarbeiten und in sinnhafte Zusammenhänge zu transponieren, wenn die Kinder schon längst Zimmer, Haus und Gegend verlassen haben, um irgendwo anders Hasen zu ignorieren.

Jetzt außer natürlich den Osterhasen. Denn der Osterhase hat ein paar wirklich brauchbare Talente, unter anderem bringt er Großeltern dazu, Geldscheine in Kuverts zu stecken und zur Post zu bringen. Er erfüllt Wünsche, wenn auch bei weitem nicht so großzügig wie das Christkind, was, es darf nur 15 Euro kosten?? Er sorgt für unschlagbare Argumente am Ostersonntagnachmittag, wenn das Elterngfrast schon wieder mit absurden Ideen daherkommt, die Wald, festes Schuhwerk und öde, unbelohnte Anstrengung beinhalten: Man war ja vormittags draußen, die Osternester suchen, die wieder einmal übertrieben gut versteckt waren. Und er füllt Körbe mit Schokolade und anderen Speisen, die nicht das Antlitz von Kindern zu jenen von Ekel gepeinigten Fratzen verzerren, die viele der sonst von den Erziehungsberechtigten angebotenen Lebensmittel zeitigen.

Du brauchst wirklich nicht das ganze Nest auf einen Haps aufessen.

Wieso, ich hab's doch von dir bekommen?

Ja, aber.

Immer noch besser als deine ständige Abnehmerei, Mutter, du mit deinen merkwürdigen Essensgewohnheiten bist nämlich ein sehr schlechtes Vorbild für Heranwachsende, magst du ein Nougat-Ei?

Nein, danke.

Eben, sag ich doch.

Da schau, drei Hasen auf Skateboards!!

Mama.

Jaja.

# Wann ist es in Brasilien drei Uhr früh?

Last Days of School. Alle Tanz- und Musikvorführungen beklatscht, alle Schnell-noch-Partys gefeiert. Sich knirschend damit abgefunden, dass seit mehr als zwei Wochen, seit dem Notenschluss, kein richtiger, regulärer Schulunterricht mehr stattfindet und bis Anfang Oktober, wenn die Stundenpläne endlich fixiert sind, auch nicht stattfinden wird. Man schaut zu, dass die Mimis immer Essensgeld, Schlüssel und Entschuldigungen einstecken haben, da die Schule vermutlich auch heute früher aus sein wird und man nicht wieder, wie letzte und vorletzte Woche, angerufen werden will.

Du musst uns abholen kommen. Ich kann jetzt aber nicht!! Du musst aber! Nachts ruft mich Haemmerli an, um mir zu sagen, dass es mit zwei Kindern viel anstrengender ist als mit einem. Ach wirklich. Ich dachte, es wäre der Handywecker, dunkel war's, der Mond schien helle, es hätte mir klar sein müssen, dass es nicht der Wecker sein kann, aber es wurde mir erst klar, als der Wecker zu mir sprach. KNÄÄÄCHT!, rief der Wecker und noch ein paar Dinge, mit starkem Schweizer Akzent.

Hallo Haemmerli.

Sali Knääächt, was machst du gerade?

Schlafen.

Wieso schläfst du, Knääächt?

Weil es, warte, drei Uhr früh ist.

An diesem Punkt wird Haemmerli, der sich wegen dem neuen Baby und der damit verbundenen Anstrengung eine zarte Angeschickertheit erlaubt hat, klar, dass er sich, ebenfalls wegen dem neuen Baby, in Brasilien befindet und ich mich in Wien.

OH SORRI, Zeitverschiebung, SORRISORRISORRI!!!

Schon gut, Haemmerli, ich schlaf jetzt weiter und ruf dich morgen an, wann ist es in São Paulo drei Uhr früh?

Haha, schlaf gut. Am nächsten Abend rufe ich Haemmerli an, um mit ihm über das neue Baby zu plaudern. Der Arzt hatte Frau Haemmerli gesagt, sie könne nicht schwanger werden, solange sie stillt, und sie hat das geglaubt. Das war wohl der gleiche Arzt, der jetzt gesagt hat, was, das Kind soll am 14. Juni auf die Welt kommen? Das Baby war auf diesen Tag gescheduled, den ersten Geburtstag von Haemmerlis Erstgeborenem, Haemmerli und seine Frau fanden das praktisch, nur einen Geburtstag für zwei Kinder. Finde ich auch. War dem Arzt aber wuascht. Der Arzt sagte, was, am 14.? Nein, ganz unmöglich, da ist ja schon Fußball-WM, first things first, wir holen es schon heute raus. Während der Fußball-WM kommen in Brasilien offenbar nur Kinder auf die Welt, die man nicht schon vorher rausholen konnte. Haemmerlis Tochter aber war schon ganz fertig, also konnte man. In der Schweiz wäre das Haemmerli nicht passiert, aber genau deswegen wollte Haemmerli wohl noch einen zweiten Brasilianer in der Familie. Also, eine Brasilianerin, und sie kann sehr laut schreien, ja, Haemmerli, ruf mich später zurück, aber bitte nicht nach zwei Uhr früh.

# Das muss eine Mutter doch bemerken

Immer wieder fällt mir ein Kind auf, das ein graues Leiberl trägt, das hinten ein Loch hat. Das Kind trägt sehr oft dieses sonst eher unauffällige Leiberl, das mir überhaupt nur wegen dieses Lochs auffällt, immer dieses Leiberl mit dem Loch hinten, seit Monaten schon, und das Loch scheint jedes Mal ein wenig größer zu werden. Jedes Mal, wenn ich das Kind mit dem löchrigen Leiberl sehe, denke ich: Das muss der Mutter von dem Kind doch auffallen, dieses Loch, so was ist doch schnell geflickt, fällt das der Mutter denn gar nicht auf?

Doch, tut es, jeden Tag, und jedes Mal denke ich mir: Ja, eh, das ist doch schnell geflickt, das mache ich gleich morgen. Beim Lieblingsleiberl eines zwölfjährigen Teenagers aber macht es Sinn, dessen Flickung auf einen Zeitpunkt zu verschieben, an dem das Leiberl frisch gewaschen sein wird.

Leider pickt das Leiberl entweder unmittelbar nach dem Waschen sofort wieder an dem schon darauf lauernden Teenager. Oder es wird vom Frischwäschemassiv verschluckt. Oder es liegt in Flickabsicht gut sichtbar zwischen Laptop und Kaffeetasse am Schreibtisch der Mutter, und zwar so lange, bis es sich der Teenager wieder geschnappt hat oder es infolge von Kontaminierung mit kaltem Kaffee wieder in der Wäsche landet, wo es alsbald erneut wieder in diesen Kreislauf eintritt.

Es ist allerdings bezeichnend, dass das Leiberl schließlich tatsächlich geflickt wurde, und zwar nur Minuten vor Antritt einer Reise, die besagte Mutter und ihre Kinder zu ihrer eigenen Mutter führte. Nun hätte die Muttermutter das Leiberl unmittelbar in der Sekunde seiner Erblickung geflickt, nämlich bevor das Kindeskind damit vor Nachbarn und Freunden Schande über die Familie hätte bringen können. Was die Sache allerdings keineswegs zur Zufriedenheit aller erledigt hätte, denn die Lochflickexpertin hätte sich während des Lochflickens gedacht: Marantjosef, das ist aber schon ein altes Loch. Dieses Loch war in diesem Leiberl eindeutig schon seit Monaten, und so wie das Loch aussieht, wurde es jede Woche mindestens zwei eher dreimal in die Schule getragen, wo es Schande über das Kind, dessen Familie, Freunde, Nachbarn und alle seine Ahnen brachte, also auch mich. Vor allem auch mich. All diese Monate prangte dieses Loch wie ein Fanal des Versagens am Rücken des Kindeskindes und warf ein furchtbares Licht auf die Muttermutter, welcher es, wie dieses Loch jedem, der es sieht, entgegenbrüllt, nicht gelungen ist, ihrer Tochter so viel Anstand und Fleiß einzuimpfen, dass sie sich beizeiten, also unverzüglich, um ein Loch in einem Leiberl kümmert. Und auf dem Antlitz der Muttermutter würde sich das Entsetzen einer Frau abzeichnen, auf der nun die Schande pickt wie ein Lieblingsleiberl auf einer Zwölfjährigen, mit dem Unterschied, dass sie daraus nie wieder herauswächst.

Das ist gerade noch einmal gutgegangen.

# Also so könnte ich nicht leben

Nie wird einem die eigene Unzulänglichkeit bitterer bewusst als in den Tagen, bevor die Eltern kommen. Es ist offenbar auch völlig wurscht, wie alt man ist und dass man schon sehr, sehr, sehr viel länger von den Erzeugern weg ist, als man die Beine unter ihrem Tisch hatte. Kündigen sich die ehemals Erziehungsberechtigten an, fallen einem alle Schleier von den Augen: Und man sieht, man hat kein schönes, über die Jahre mit freundlicher Unterstützung von eBay unprätentiös, aber gemütlich eingerichtetes und wohlig eingewohntes Häusl, sondern ein komplett verschmutztes, voller Spinnweben und pickigem Grind in allen Winkeln. Müllhalden hinter Türen, die man aus gutem Grund schon länger nicht geöffnet hat, zum Beispiel das Kinderzimmer.

Der Geräteschuppen: kaputtes Glumpert aus hundert Jahren. Brutales Hygienedefizit im gesamten Heimtextilienbereich. Das WLAN-Kastl pickt seit zwei Sommern provisorisch mit Gaffa oben am Türrahmen – ja, sieht das denn keiner? Oh, ja, jetzt schon. In allen Schränken und Schubladen blankes Chaos, Süßigkeiten neben Suppenpulver, Backpulver hinter Sardinendosen, offene Wrap-Packungen, halbabgebrannte Geburtstagskuchenkerzen, Gewürze aus 2005.

Man sieht schon die Mutter den Blick schweifen lassen, die Sesselkissen mit einem kurzen Blick inspizieren, den Schrank öffnen, man hört schon, wie sie nichts sagt, gar nichts, und man weiß, was sie denkt. Also ich könnte so nicht leben. Na. Das wär doch schnell gemacht. Dass sie das nicht einfach schnell macht. Nein, so könnt ich nicht leben.

Darauf kann man auf zwei Arten reagieren: mit wurschtiger Gelassenheit, weil in drei Tagen sind sie eh wieder weg und leben wieder, wie sie leben können. Oder mit Panik. Meistens entscheidet man sich für Panik und beginnt, unterbrochen von kleinen Hyperventilationsphasen, die Sofas abzuziehen, nur um hinter und unter den Sofas auf noch mehr Schmutz und Grind und Pickigkeit zu stoßen, was die Panik weiter maximiert.

Bis man schließlich endlich ein Einsehen hat, weil es sowieso keinen Sinn hat: Ist der eine Schmutz weg, taucht dahinter ein anderer auf. Die schimmlige Wand, jetzt wo du es erwähnst, um Himmels willen!

Also schließlich doch: wurschtige Gelassenheit, es nützt ja eh nichts. Nach drei Tagen sind sie wieder weg, der Schmutz macht sich wieder unsichtbar, der Grind verwandelt sich wieder in edle Patina, alles wird gut, man weiß gar nicht, wieso man sich so aufgeregt hat. Wie lange wohnt man schon nicht mehr bei den Eltern? Warte, 29 Jahre. Und all die Zeit nie eine Blutvergiftung oder eine Stauballergie, obwohl man sich die meiste Zeit in den eigenen vier Wänden aufgehalten hat. Durchatmen, nicht hinsehen. In drei Tagen kommen sie, in sechs sind sie wieder weg. Es ist alles gut, kein Grund zur Panik. Nur schnell den Teppich in die Waschmaschine, alles ist gut.

# Dann müssen wir es leider melden

Bevor Sie es von jemand anderem erfahren: Ich habe im Urlaub mein Kind getreten. Es geschah im Affekt und war kein Tritt im eigentlichen Sinn: Zwei meiner Zehen streiften zart ein jugendliches Schienbein und hinterließen keinerlei Spuren, keinen Schmerz, nichts außer beiderseitigem Schrecken. Dennoch habe ich im Urlaub mein Kind getreten, und ich schäme mich sehr.

Das Kind hat mich allerdings böse erschreckt, mit Vorsatz. Wenn ich verträumt im Bikini am Ufer stehe, den Ozean fotografiere und dabei warme, sonnige Gefühle fühle, soll man mich nicht jählings nass und kalt von hinten umarmen. Immer schon sage ich meiner Familie: Nicht erschreckts mich. Tuts das bitte ja nicht. Wenn man mich erschreckt, neige ich zu kopflosen, exzentrischen Reaktionen, für die ich, immer wieder sage ich das, nicht verantwortlich zu machen bin. Wer mich erschreckt, muss mit schlimmen Überraschungen rechnen. Das Kind, das mich nun schon zwölf Jahre kennt und infolge derartiger Aktionen bereits zahlreich und dezibelstark angeschrien wurde, weiß das. Sollte das wissen. Aber. Dennoch: Es war eine falsche, übertrieben exzessive und durch und durch verabscheuungswürdige Reaktion und ich bedauere sie. Man darf kein Kind treten, nie nicht.

Natürlich hat man sich beim Kinde hernach etwa 100 Mal entschuldigt, hat die Unverzeihlichkeit der Handlung betont, hat sie entschieden verurteilt und bitter bereut. Was das Kind natürlich keineswegs daran hindert, das Beste aus dem Vorfall zu machen und das Maximum aus der Mutter herauszuholen. Nichts lässt sich besser melken als eine beschämte, von Schuld gebeugte Mutter. Was nicht nur dieses Kind weiß, sondern auch alle anderen Urlaubskinder, die während der Inzidenz leider vor Ort waren.

Du kannst dich ja zur Strafe beim Erwachsenengremium dafür einsetzen, dass wir ein bisschen Internet bekommen. So als Wiedergutmachung.

DICH habe ich nicht getreten, was kommst jetzt DU daher?

Ich dachte nur.

Denk nicht, und vergiss es gleich wieder. Kein Internet im Urlaub.

Was das Ereignis natürlich auch nicht vergessen machte, denn am Abend wurde es abermals bemüht, in eindeutig erpresserischer Absicht.

Wenn du nicht im Erwachsenengremium dafür sorgst, dass wir heute zwei Folgen »Sherlock« anschauen dürfen …

Was dann?

Dann müssen wir es leider den anderen Erwachsenen melden.

Ja, eh. Funzt aber nicht. Denn damit hat man gerechnet und das Vergehen den anderen Erwachsenen längst im Rahmen einer kleinen Selbstkritik-Session, hübsch kombiniert mit rosa schimmernden Sundownern, reuig gebeichtet und deren Absolution bereits erteilt bekommen. Ist doch jedem schon mal so ähnlich ja, danke.

Das Kind und ich gingen anderntags eine schöne Sonnenbrille kaufen, aber das hatte mit dem Tritt überhaupt nichts zu tun.

# Vielleicht lieber im nächsten Urlaub

Abbruch des Experiments »Runter vom Kaffee«: Montag, 8.44 Uhr. Dauer: zwei Stunden, 14 Minuten. Grund des Abbruchs: ein sehr langes, kontemplatives Nachdenken darüber, was das nochmal genau war, eine Falter-Kolumne und wieso man das dumpfe Gefühl nicht los wird, dass man sich mit der Problematik jetzt besser befassen sollte. Wo es die viel naheliegendere Idee schien, sich wieder hinzulegen und zu schlafen, zumal diese lauten, wuseligen, unangenehm appellativen Kleinmenschen endlich die Wohnung verlassen haben, wenn auch, wie mittlerweile klar ist, ohne Schuljause, Essensgeld, Handys oder Schlüssel.

Wieder ein einigermaßen normaler, na ja, zumindest funktionierender Mensch geworden: 8.48 Uhr.

Merkwürdige Idee, sagen die Freunde, wieso kommst du auf so eine merkwürdige Idee? Das Alter, der Magen, die Sucht, und schmecken tut mir der Kaffee auch nicht mehr, und zwar egal, wie spitzenmäßig er ist. Und: Man möchte nun allmählich auch einmal das eine oder andere nicht mehr brauchen. Jeder braucht jetzt irgendwas nicht mehr, hat irgendwas nicht mehr nötig, hört mit etwas auf, stellt etwas ein, das liegt gerade sehr im Trend, das Einfach-sein-Lassen. Zucker, Weizenmehl, Alkohol, Achselhaarerasieren, Steuernzahlen, Shopping, Seife, Handy, Nasenbohren, Autofahren: Etwas oder besser mehrererlei davon sollte man unbedingt nicht mehr brauchen. Weil quasi alles, was man braucht, beweist, dass man ein Charakterdefizit zu kompensieren hat oder dass man ein Zivilisationskrüppel ist, dessen verwöhntem Organismus die simpelsten Skills verlorengegangen sind. Und so weiter. Allerdings sollte man den Entschluss, kein Koffein mehr zu brauchen, unbedingt doch lieber in den Urlaub verlegen, so viel sei gesagt.

Aber überhaupt ist das nicht mein Tag. Denn während man noch unter den Ausläufern des Koffein-Turkeys litt, beschloss Apple, dass es eine schöne Idee wäre, der MacBook-Kundschaft am Montagvormittag ein kleines, ganz harmlos wirkendes Betriebssystem-Update anzubieten. Was die Dooferen und Unterkoffeinierten unter den Apple-Usern auch sofort brav mit einem Klick akzeptierten.

Nachdem man das iPad schließlich irgendwo im Kinderzimmer unter einem Teller mit verschimpelten Paradeiserbroten gefunden hat, kann man in dieses nun mit Mühe und zwei Fingern Folgendes hineintippen: Das war keine gute Idee. Man lernt auch gerade das lustige Phänomen kennen, dass die OS-X-Installationszeit sich mit zunehmender Dauer der Installation nicht verkürzt, sondern im Gegenteil: Es begann mit einer Restzeit von ungefähr 45 Minuten, eine Computerunbenutzbarkeitszeitspanne, die einen erst tüchtig erschreckt hat, der man aber schon 20 Minuten später sentimental nachschluchzte, als die Restzeit bei zwei Stunden und drei Minuten stand. Das war vor eineinhalb Stunden. Aktuelle Restzeit: eine Stunde 13 Minuten.

Vielleicht einfach mal zwischendurch einen Kaffee trinken.

# Man hat natürlich auch viel um die Ohren

Eine pharmakologisch versierte Freundin gratulierte mir zum Abbruch des »Leben-ohne-Kaffee-Experiments«. Kaffee nämlich habe, das hätten Studien erwiesen, sehr positive medizinische Implikationen: Schwarzer Kaffee auf nüchternen Magen sei nämlich offenbar in der Lage, vor Alzheimer zu schützen.

Das ist gut, kommt aber möglicherweise zu spät. Vor ein paar Tagen entdeckte ich handschriftliche Aufzeichnungen, in denen eine künftige Romanfigur namens Claudine ganz ausführlich skizziert und auch bereits in Versuchsdialoge und eine recht deftige amouröse Szene eingebaut worden war, über viele Notizbuchseiten hinweg wurde Claudine ausführlich beschrieben, gab es Ideen zu und Wortspenden von Claudine.

Was mich, während ich das las, etwas überraschte, da ich mich an eine Claudine und ihre Geschichte überhaupt nicht mehr erinnern konnte, und hätte mich irgendjemand auf Claudine angesprochen, hätte ich ihre fiktive Existenz rundheraus abgestritten, niemals, hätte ich gerufen, gab's bei mir eine Claudine, was ist das überhaupt für ein Name, Claudine: CLAUDINE??, nie im Leben. Unter dieser Voraussetzung fand die Lektüre statt, das habe ich also geschrieben, Claudine, interessant.

Nun hat man viel um die Ohren, man schreibt viel, man muss Tanz- und Fußballkurse mit immer noch nicht fixen Stundenplänen koordinieren, man muss sich um neue Hallenturnschuhe und Sportgewand kümmern, und man darf Klavierstunden, Exkursionen und Elternabende nicht vergessen, von Friseur- und Hautarztterminen jetzt einmal gar nicht zu sprechen. Plus, man hat im Laufe seines Lebens zahllose

Notizbücher mit Ideen vollgekritzelt, da kann es schon passieren, dass man die eine oder andere davon nicht mehr sofort rekapitulieren kann.

Diese Notizen waren aber verstörenderweise genau zwei Wochen alt, im Urlaub in Kroatien aus dem Filzstift geflossen, eindeutig in meiner Handschrift, die wiederum keinerlei alkoholbedingte Unsicherheiten zeigte. Claudine also, aha. Das macht mir ein wenig Sorge. Es wird sehr, sehr viel, sehr schwarzer Kaffee auf sehr nüchternen Magen nötig sein, um das wieder zu reparieren.

Das ist doppelt bitter, wenn man Kaffee gar nicht mehr mag und während des Verzehrs kreischend durch die Wohnung rennen möchte wie die Kinder, wenn sie »Beanboozled« spielen. Das ist ein perverses kleines Spiel, bei dem man Jelly Beans einer bestimmten Farbe essen muss, die entweder nach Erdbeeren schmecken oder nach Erbrochenem, nach Schokopudding oder nach Eiter. Es ist etwas kränkend, wenn man sieht, wie dieselben Kinder, die es rundheraus ablehnen, an einem fantastischen Tintenfischrisotto oder einer Lauch-Schafkäse-Quiche auch nur zu schnuppern, zögerungsfrei Geleebohnen in den Mund stecken, die mit fünfzigprozentiger Wahrscheinlichkeit nach Hundefutter, Feuchttuch oder Babykacke schmecken. Claudine würde das ablehnen, so viel ist sicher.

# YouTube: 1, Mutter: 0

Daheim reden wir jetzt vorwiegend über Youtube. Und vor allem über Youtuber. Taddl, Beautypalace-Bibi, irgendwelche Jans und Michellephans und Dingsens, ich kann mir die Namen nicht mehr merken, da hilft auch kein schwarzer Kaffee. Y-titty war mir jetzt mit viel Intensivtraining endlich präsent, die darf ich gleich wieder vergessen, weil Y-titty leider out. Und mit Y-titty das ganze Y-titty-Zeug, selbstbemalte Leiberln, am Konzertstand hart erkämpfte Hauben, Fotos und Autogramme.

Youtube ist jedenfalls der neue Pop, und wenn die alten Erwachsenen bitten, ob man sich beim Abendessen einmal über etwas anderes als Youtube und seine fabelhaften Protagonisten unterhalten könnte, herrscht bei der Jugend Verständnislosigkeit. Ja, eh, könnte man, aber wozu? Weil: Hab ich dir schon erzählt, dass der Dings Sneakers hat, die jetzt drei Millionen Euro wert sind?

Drei Millionen? Für Turnschua? Glaub ich nicht.

DOCH! Aber der hat ja auch 18 Millionen Abonnenten.

Ja, dann. Aha. Es wird immer schwerer, Interesse an diesem Zeug zu heucheln. Man schaut sich hin und wieder so einen Clip an: Okay, eh lustig, die meisten dieser Kerle und Mädels sind eh nicht unsympathisch, aber es ist halt auch so wahnsinnig wuascht, was die machen. Irgendwie vor der Kamera herumgaukeln, jaja, eh nett, und nein, ihr machts kein Deutsch-Referat über euren Lieblingsyoutuber.

Das ist man jetzt. Die Mutter, die Pop nicht mehr versteht. Quasi die Großmutter von Kevin Droniak, einem wirklich putzigen US-Youtuber, der seine alte Oma ausbeutet, indem er mit ihr Auto fährt und sie in schwierige Gespräche verwickelt, ihr merkwürdige Musik vorspielt oder ihr an seinem

Computer das »Anaconda«-Video von Nicki Minaj zeigt, ihr charmantes Entsetzen filmt und seinen eh nur 217.000 Abonnenten (die Kinder: das ist ja gar nix) vorführt, was gemein, aber schon auch lustig ist. Das interessiert die Kinder aber eh nicht, weil die sprechen ja englisch. Die Kinder wollen nur Youtuber, die pladdestes Pladdddeutsch reden, und sie sprechen längst auch so, nur noch so, nur noch dieses Piefkinesisch, Aussprache, Tonfall, alles original Hamburg, Köln oder Flörsheim am Main oder wo die auch immer herkommen. Was ihre Mutter total narrisch macht, wirklich wütend, so wütend, dass ich mittlerweile selbst ernste Ansprachen der Kinder unterbreche, weil ich diese Sprache einfach nicht ertrage. Red gscheit! Aber natürlich keine Chance. Youtube: 1, Mutter: 0.

Kürzlich wollte man das Kind überreden, bei einem Jugendwettbewerb kultureller Natur mitzumachen.

Gibt's da was zu gewinnen? Ja, wart mal. Eine Wochenendreise nach Deutschland.

Eine Wochenendreise? Wohin? Steht da nicht. Köln vielleicht? Steht da nicht. Vielleicht Köln! Taddl wohnt in Köln!

Ach ja. Taddl. Eh.

# Nein, Kind, ich mache kein Selfie

Trotzdem ist es merkwürdig, wenn man sich auf einmal in einer Position befindet, in der man entgegen allen Prophezeiungen außerordentlich wenig Verständnis für die Interessen der eigenen Kinder aufzubringen in der Lage ist. Man war ja immer der fixen Meinung, gegen das Mutterschnalltsnichtmehrbakterium sei man selbst immun, das befalle nur die anderen, die nicht so in der Wolle gefärbt Coolen. Aber jetzt.

Echt, das ist jetzt in?

In sagt man nicht mehr, Mutter.

Und du bist sicher, dass man die Schirmkappen wieder mit dem Schirm im Nacken trägt?

Ja, Mutter.

Bei der Londoner Fashion-Week haben sie aber …

Ja, Mutter, ich muss jetzt.

Natürlich hat die Natur das alles so vorgesehen. Alles muss erneuert werden, die alten, vermoderten Zellen abgestoßen. Nur bildete man sich selbstverständlich ein, man selbst, stets embedded in die Gegenwart, ausgerüstet mit einem wachen, permanent sich selbst aktualisierenden Sensorium für die jeweilige Moderne, würde Pop auf immer erkennen und seinen stetigen, notwendigen Wandel mit viriler, andréhellergleicher Anteilnahme abnicken. Nicht mit dem stumpfen Befremden, mit dem man nun über die Schulter des Kindes in dessen Smartphone nach dem Grund für sein glückliches Gegacker äugt.

Das findest du lustig?

Ich und 6.369.422 andere auch, sieht du die Klicks?

Einerseits verhindert das natürlich auch die von den Juvenilen maximal gefürchtete Nachwuchsbeschämung. Man ist nicht die peinliche Mutter, die beim Y-Titty-Konzert mitten in der Menge mit den Hüften wackelt, sondern die gelassene Subkulturexpertin, die derweil im Arena-Beisl Bier aus der Flasche trinkt und alte Bekannte anlügt (»Ha, du hast dich überhaupt nicht verändert!«) und sich von diesen anlügen lässt (»Du auch nicht!«).

Andererseits ist man einfach alt. Das ist insofern akzeptabel, als man eh wesentlich länger jung war als die Generationen vor einem, dass man die Adoleszenz über Jahrzehnte hinweg konservieren durfte, mit freundlicher Unterstützung einer eigens dafür angetretenen Industrie, die aber Demütigungen nicht verhindern kann, die daraus resultieren, dass man nicht immer nur mit Gleichaltrigen Kontakt hat.

Ah, Mutter, süß, du machst ein Selfie?

Nein, ich mach kein Selfie. Ich versuche, eine SMS zu lesen.

Ach so.

Ja.

Brille vielleicht?

Dafür habe ich mir letzte Woche einen neuen Plattenspieler gekauft, einen Pro-Ject Essential II Phono UBS in Weiß. Der musste selbstverständlich mit einer besonderen Platte erstbespielt werden, also suchte man und fand schließlich. Dylans »Subterranean Homesick Blues«, ganz abgegriffen. Vorne auf dem Cover stand mit Kugelschreiber mein Name, in akkurater Kinderschrift, perfekt.

# Schaut im Moment eher nicht so aus

Und wir graben weiter am »Generation-Gap«. One Direction. Oder Fifth Harmony. Oder Sia. Oder Dings, vergessen. Mit so was muss man sich jetzt beschäftigen, ob man will oder nicht, beim Frühstück und beim Abendessen, und zwischendurch muss man sich Videos am Handy anschauen. Ja! Schön! Eh süß! Auf Facebook geben so Eltern immer damit an, was für fantastische Musik ihre Kinder unbedingt in der Früh hören wollen, bevor sie in die Schule gehen, AC/DC, Johnny Cash, Blind Willie McTell, Can, Kraftwerk oder Aphex Twin. Diese Kinder nicht. Diese Kinder wollen Teenie-Pop Baujahr 2014 hören und sonst nichts.

Die Mimis haben sich nie besonders für gute Musik interessiert, und der Versuch, sie mit Teilen einer doch recht eindrucksvollen Plattensammlung vertraut und glücklich zu machen, darf als vorläufig gescheitert betrachtet werden. Vielleicht haben wir's auch einfach zu wenig versucht, kann schon sein, und vielleicht soll man das ja überhaupt eh lassen, weil vielleicht funktioniert so was ja sowieso gar nicht oder nur in raren Ausnahmefällen.

Bei Filmen ist es das Gleiche. Man besorgt den »Club der toten Dichter«. Finden sie schon okay, schluchzen sie auch ein bisschen, finden aber auch, dass sich das tüchtig zieht. Das könnte allmählich ein bisschen Tempo aufnehmen, schon ziemlich zach, das. Ist bei den meisten anderen Filmen, die man selbst in den 80ern oder 90ern ganz toll fand ähnlich. Gut, »Speed« fanden sie noch ganz gelungen, und am Sonntag blieben sie bei »About a Boy« tatsächlich bis ganz zum Schluss dran, ohne zu jammern und zu stöhnen, natürlich nicht wegen Hugh Grant, den sie immer schon ziemlich luschi fanden, sondern weil dort der Exfreund von JLaw als Zwölfjähriger in seiner ersten großen Rolle zu sehen ist, und er ist süß. Und lustig. Schwein gehabt.

Bücher dagegen. Man gibt ja nichts weg, man lässt ja alles an allen Wänden bis hoch an die Decke wachsen, weil die Kinder. Die Kinder werden einmal dankbar sein für diese fantastische Bibliothek mit allen zentralen Werken des 20. Jahrhunderts mit einem Extra-Schwerpunkt auf amerikanischen Edelkrimis. Ja, nix. Schaut im Moment gar nicht so aus. Lesen ist etwas, das man nur in Phasen allergrößter Verzweiflung tut, wenn es absolut keine anderen Möglichkeiten mehr gibt, sich die Zeit zu vertreiben, wie im Urlaub, wenn missgünstige Erwachsene einen zwei Wochen an einen Ort ohne Internet verfrachten. Dann liest man und ist auch recht begeistert davon, von John Green vor allem.

Sobald man wieder in der Zivilisation ist, ist es damit vorbei. Natürlich auch, weil der Nachwuchs es mit Erziehungsberechtigten zu tun hat, bei denen es damit genauso vorbei ist und die aufgrund ihrer eigenen Internetabhängigkeit auch nicht in der Lage sind, abends das Internet einfach auszuschalten. Obwohl, vielleicht sollte man das einfach tatsächlich einmal versuchen. Ich denk einmal darüber nach.

# Ich habe heute gar keinen Hunger, sorry

Ein weiterer konstanter Quell maternaler Frustration: Was immer man außerhalb des seit einer Dekade vorgegebenen Mahlzeitenkanons auf den Esstisch stellt, wird ungegessen zurückgeschickt. Im besten Fall wurde mit angewiderter Miene davon gekostet, im schlechteren war schon der Anblick der angebotenen Nahrungsmittel derart abstoßend, dass er das Kind schlagartig von jeglichem Appetit befreite, ich habe heute gar keinen Hunger, sorry. Bonus-Frustrationspotenzial wird einem zuteil, indem nun auch Mahlzeiten, die früher akzeptiert bis akklamiert wurden, auf einmal ungenießbar sind, mag ich nicht mehr, schmeckt mir nicht mehr, war früher irgendwie besser. Was den Speiseplan auf ein knappes Dutzend zumutbarer Menüs einschränkt, die man allerdings trotzdem nicht, weil das wird ja fad, in zu niedriger Frequenz wiederholen sollte, das aber wiederum ohne ihre stimmige Rezeptur durch Zutatenvariation zu kontaminieren und zu ruinieren. Ja, genau.

Dabei hat man noch Glück gehabt, etwa im Vergleich zu jenem Volksschulkind, dessen Vater mir kürzlich erzählte, dass er nicht wisse, warum er dem Hort überhaupt Essensgeld überweise, da das Kind eigentlich grad ein bisschen Wasser esse. Dennoch hat man die Idee aufgegeben, dass man aus der Hundertschaft lässiger Kochbücher, die das Küchenregal so hübsch dekorieren, auch einmal etwas kochen könnte. Vorläufig jedenfalls, weil praktisch jedes dieser Gerichte Zutaten enthält, die die Würde von Heranwachsenden verletzen. Manchmal macht man sich etwas davon zum Mittagessen und isst es ganz allein und unangemault. Und denkt dabei darüber nach, dass man nach mehr als einem Jahrzehnt der Essenszurückweisung immer noch nicht weiß, wie mit dem Problem korrekt verfahren: das Kind fortan so lange mit Nudeln, Pesto, Pizza und Schokomüsli füttern, bis es weinend um Speiseplanvariation bettelt? Oder dem Kind so lange die Mahlzeiten vorsetzen, die man selber endlich einmal kochen und essen möchte, bis es aufgibt? Oder einfach das Kochen sein lassen und sehen, wie die Kinder zu Selbstversorgern werden? Bis jetzt hat nichts davon gegriffen.

Also backt man einen Apfelkuchen mit Zimt und Walnüssen, er ist ganz flaumig und ganz saftig, und man serviert ihn dem Kind noch warm mit Vanilleschlagobers, und als man den Teller das nächste Mal sieht, ist das Schlagobers verschwunden und der Kuchen bis auf eine winzige Delle unversehrt. Ja, sagen Sie es: Wer sich von so was frustrieren lässt, hat a) wohl keine anderen Sorgen und b) offenbar sonst nicht viel Freude im Leben, aber es stimmt nicht, ich habe gerade genug Sorgen, und Freude habe ich trotzdem auch. Große Freude, ja, danke schön, und ich habe Dinge fertiggekriegt und trotzdem noch genug zu tun, und ich habe ein paar Serien zum Anschauen und ein paar Platten zu hören und ein paar Bücher zu lesen und Freunde zu treffen und Dinge zu besorgen. Aber wenn das Kind meinen schönen Apfelkuchen verschmäht, einfach so: Das frustriert mich trotzdem, galore.

# Sollten die nicht 24 Stunden online sein?

Things break. Sie fallen auseinander, sie zersplittern auf dem Fußboden, sie lassen einen im Stich, sie machen merkwürdige Geräusche, sie überhitzen, sie lassen sich nicht mehr einschalten, sie verstummen. Die Dinge zerstören sich selbst, Umstände verketten, verschlingen und überblenden sich unglücklich, mit zuverlässiger Schlamasselkonsequenz.

Man stellt zum Beispiel ein Möbelstück um, es steht hier nicht mehr korrekt, es macht, so wie es jetzt steht, eine Disharmonie. Man hat im Leben schon genug Disharmonien und will auf diese eine gerne verzichten. Man verschiebt das Möbel also, um einen halben Meter nur, keine Umstände, kein Problem, das Möbel ist auch nicht so schwer, wie es aussieht, nur um das Bein des Möbels hat sich ein Verlängerungskabel geschlungen. Oder man hat es selbst darum herumgewickelt, damit man nicht mehr ständig darüberstolpert oder weil einem die Optik unbehaglich war, was auch immer, man muss es jedenfalls nun wieder entwickeln.

Kriecht man also unter das Möbel, steckt das Kabel aus, befreit das Möbel, schiebt es an seinen nun idealen Platz, und zwei Stunden später verliert man all seine Daten auf dem MacBook. Auf dessen grauer Oberfläche ist fortan nur noch ein weißer, durchgestrichener Ring zu sehen, weil man nämlich zwar das Aufladekabel in das Verlängerungskabel gesteckt hat, wie es der Computer am Beginn des Betriebssystem-Updates verlangt hat, aber das Verlängerungskabel nicht mehr in die Steckdose.

Als der Bildschirm mitten in »Konfigurieren« schwarz wird, glaubt man erst noch, das sei ein Teil des Rebootings oder wie das heißt, aber er bleibt schwarz, und irgendwann schnallt man auch, warum. Das ist kein schöner Moment. Man weiß, dass das nicht gut ist. Als man das Gerät endlich wieder am Strom hat, bleibt es schwarz und macht nichts mehr, nur ein nie zuvor gehörtes Geräusch entfährt ihm, ein hohes, hochfrequentes Fiepen, das einem in vielerlei Hinsicht den letzten Nerv raubt und das erst nach einem Neustart verstummt. Vermutlich für immer, gemeinsam mit dem MacBook.

Man kriegt auf Facebook ein kleines Nervenzusammenbrucherl und ein paar gute Tipps, E-Mail-Adressen, Links und Telefonnummern, an die man gefasst-verzweifelte Nachrichten textet und SMSt. Keine Antwort, von niemandem. Sollte ein Computer-Geek, der auf sich hält, nicht eigentlich 24 Stunden online sein, nie schlafen, und in der Sekunde antworten? Danach liegt man die halbe Nacht wach und denkt an all die Back-ups, die man nie gemacht hat, und an all die Daten, die nicht in einer Wolke gesichert sind, und an all die Sätze, die man sich ausgedacht und aufgeschrieben hat. Zumindest an die, an die man sich noch erinnern kann; selektive Frühdemenz hat so gesehen auch ihre Vorteile: Woran man sich nicht mehr erinnert, das vermisst man auch nicht. Von den anderen verabschiedet man sich innerlich schon einmal.

Things break. Irgendwo hab ich doch ein iPad.

# Ist das Pop oder kann ich das verbieten?

Pro: Man ist offenbar weniger deppert, als man vergesslich ist. Drei Wochen lang hat man den bei einem Update verlorenen Fotos nachgetrauert. Fotos aus drei oder vier Jahren: Kindergeburtstage, Urlaube, bescheuerte Selfies in allen Lebenslagen, die man aber dann doch (Gott sei Dank) nicht postete, Freundinnen, Katzen, Dinge, Schilder, Landidylle in allen Jahreszeiten, die Kinder natürlich, wie sie sich verändern, die Kinder und wieder die Kinder. Das tat weh, ernsthaft. Jedes Mal, wenn man sich an einen schönen Tag aus den letzte Jahren erinnert hat, erinnerte man sich auch an die Fotos, die man damals gemacht hat und die man nun nicht mehr sehen kann und nie mehr sehen wird.

Dann fand man beim Aufräumen eine flache, blaue Blechschachtel, und in der Schachtel waren nicht wie erwartet die Keine-Ahnung-mehr-wofür-Schlüssel, sondern eine Handvoll USB-Sticks. Auf zweien war mit Edding »Fotos 2014« gekritzelt worden (eindeutig die eigene Klaue) und es fanden sich darauf die Fotos der letzten drei oder vier Jahre: Kindergeburtstage, Urlaube, bescheuerte Selfies in allen Lebenslagen, die man dann (Gott sei Dank) nicht postete, Freundinnen, Katzen, Dinge, Schilder, Landidylle in allen Jahreszeiten, die Kinder natürlich, wie sie sich verändern, die Kinder und wieder die Kinder. Das war schön.

Contra: Das kann noch nicht lange her sein, dass man die gespeichert hat und man hatte dennoch keine Erinnerung mehr daran. Man hat dann auch all die anderen Fotos, die Baby- und Kleinkindfotos, die man noch auf CD-Roms in Schachteln hatte, in das Wolkentürmchen eingespeichert, das einem der gute MacDoktor installiert hat, und schau!, der junge Horwath, der kleine Schurl, schau, die Horwathin mit längeren Haaren, der Gries, die süßen Mimis, die Breuss, die Wirtsleut und, da, schau, die Doktor Urban auch. Was waren wir jung, obwohl wir's damals schon nicht mehr waren. Und was waren die Kinder klein und süß.

Jetzt: nicht mehr klein. Jetzt: Fragen über Fragen. Wie bringt man Heranwachsenden zur Kenntnis, dass etwas Derartiges wie ein Handtuchhaken existiert und dass seit seiner Erfindung die Menschen ihre Duschtücher nicht mehr auf den Boden fallen und dort verschimmeln lassen müssen? Wie oft muss man einen Teenager liebevoll wecken, bevor man ihm mit Gebrüll die Decke wegziehen darf? Wie viel Lebenszeit verplempert man insgesamt, während man Morgen für Morgen im Vorzimmer steht und unausgeschlafene Zwölfjährige zur Eile antreibt? Ist das warm genug? Trägt man das jetzt? Sicher? Seit wann kostet eine Konzertkarte 100 Euro? Wurden Boybands nicht in den Nullerjahren verboten? Wann wurde Köln zur Hauptstadt von Cool? Was ist ein Ungespielt, warum spricht es zu meinem Kinde, und warum hört das Kind ihm gerne zu, mir aber nicht? Ist das Pop oder kann ich das verbieten? Bin ich alt?

Lieber wieder Fotos schauen. Mei, schau, süß.

# Die sind schon sehr streng, muss man sagen

Aus der Debatte um das Hemd des Wissenschaftlers habe ich mich rausgehalten. Sie wissen schon, der Physiker der Rosetta-Mission, der bei seinem ersten Interview ein Hemd mit so Frauendarstellungen trug. Mich erinnerte das Hemd ein wenig an die frühen Plattencover von Pungent Stench, über die wir damals im sehr viel kleineren Rahmen ähnlich erbittert diskutierten, falls sich wer erinnert: Matt Taylors Hemd war jedenfalls sexistisch, kann man, glaub ich, so sagen.

Die Frage war jetzt, ob das wurscht ist oder nicht, ob quasi der Erfolg der Rosetta-Mission und die fantastische Arbeit des Physikers das sexistische Hemd entschuldigten. Der Physiker entschuldigte sich dann selbst und weinte dabei, das rührte viele Herzen, machte aber auch viele Männer wütend, denn es muss einem Mann etwas sehr Schlimmes widerfahren sein, wenn er öffentlich heult wie ein Mädchen und damit quasi das ganze Geschlecht diskreditiert. Oder so.

Jedenfalls war das eine dieser Debatten, bei denen man es sehr in Ordnung findet, dass sie geführt werden, aber bitte lieber ohne einen selbst. Eine von den Debatten, wo man froh ist, wenn sie andere statt einem, ja für einen führen.

Im Prinzip war diese Debatte ein kleines virales Äquivalent für die gesamte Frauenbewegung seit den 70er-Jahren, für den Feminismus als solchen: Man weiß, dass man letztlich davon profitiert, und das auch gern, macht sich aber ungern selbst die Finger schmutzig.

Ich habe also im Internet die Debatten verfolgt, die Contras und die Pros, die Contra-Pros, die Contra-Contras und die Pro-Pros, vor allem in den US-Debatten. Die jungen Feministinnen in den USA sind sehr streng und sehr entschieden, das muss man sagen. Es ist alles sehr humorlos, sehr besserwisserisch, sehr missionarisch und sehr erbarmungslos.

Und ich bin unglaublich froh darüber und über diese unerbittlichen Frauen. Darüber, dass sie sich nichts mehr gefallen lassen wollen: keine Verniedlichung von Sexismus, keine Witze über Vergewaltigung, kein Vertuschen von sexueller Gewalt, keine Beschönigung von Belästigung auf der Straße, keine Diskriminierung aufgrund des Geschlechts, und darüber, dass sie keine Ausnahmen gestatten, weder auf dem Hemd eines großartigen Wissenschaftlers noch in den Biografien von Bill Cosby oder irgendeines anderen Stars.

Ich bin froh, dass sie so kompromisslos sind und so stur. Und dass diese jungen Feministinnen nicht aufgeben, nicht zum Schweigen zu bringen sind, auch nicht von dem Hass, der ihnen in einem beängstigenden Ausmaß im Netz entgegenschlägt, den anonymen Beschimpfungen, den Beleidigungen und den Drohungen. Dieser Hass ist unerträglich, und ich danke an dieser Stelle all jenen Frauen, die es doch ertragen, die nicht heulen, sondern weitermachen, überall auf der Welt, stellvertretend für mich, für meine Töchter, für Ihre und für alle Töchter, und für die Töchter der Hasser.

## Sondern Fehler, die ich bedaure

Die Frau, die Sie letzte Woche dabei beobachtet haben, wie sie in Anwesenheit zweier Halbwüchsiger ihr Fahrrad an eine unschuldige Hausmauer schleuderte und dabei V-Wörter brüllte (verfickte, verdammte, verschissene Vogelscheiße, derlei), das war ich. Die Leute traten an ihre Fenster, was ist denn da bitte los. Die Mimis verdrehten die Augen, sagten aber später: Na gut, Mutter, auch du darfst einmal einen schlechten Tag haben. Oh ja, den hatte ich. Meine ganze, penibel durchgetaktete Tagesorganisation war an einer winzigen Unebenheit zerschellt. Sorry, Kinder.

Immerhin kann ich sagen, dass ich die Mimis nie geschlagen habe. Das ist ja heutzutage nicht mehr selbstverständlich, wie ich am Sonntag der Presse entnehmen konnte, wo ein Redakteur beschreibt, wie er seinen dreieinhalbjährigen Sohn – dreieinhalb! – regelmäßig züchtigt, wozu meiner Meinung nach auch die Androhung von Gewalt gehört, die er beschreibt: Das Bis-drei-Zählen, bevor was passiert, bevor er das Kind am Ohr zieht oder übers Knie legt, und der Redakteur macht keinen Hehl daraus, dass leere Drohungen für ihn nicht infrage kommen. Mit »guten Worten und etwas Gewalt erreicht man mehr als nur mit guten Worten«. Was für ein Schwachsinn. Der Kollege glaubt auch ganz im Ernst, dass er und seine Frau »das alles schon halbwegs richtig machen«.

Natürlich passiert es den meisten Eltern (außer den ganz perfekten oder denen mit superniedrigem Blutdruck) im Laufe des Heranwachsens ihrer Kinder das eine oder andere Mal, dass sie völlig überfordert die Nerven verlieren. Ich gestehe hiermit, dass ich in solchen Momenten einmal ein Kind an den Haaren gezogen und einmal eins gezwickt habe. Der Tritt im letzten Sommer, eine Folge heftigen Erschrecktwerdens, wurde hier ja bereits schamvoll gebeugten Hauptes rapportiert. Im Unterschied zum Presse-Kollegen bin ich nämlich nicht stolz darauf, es geschah im Affekt, und ich schämte und entschuldigte mich dafür, mehr als einmal. Ich weiß, dass es nicht richtig war, keine akzeptable Maßnahme, sondern Fehler, die ich bedaure.

Apropos Pädagogik-Gewissensfragen: Nie stellen sie sich aufdringlicher als kurz vor Weihnachten. Konsole ja oder nein, und wenn ja, ab welchem Alter, fragte eine Freundin, Mutter eines Siebenjährigen, auf Facebook. Und setzte damit bei den Erziehungsberechtigten unter ihren Freunden enorme Energien frei, die stark zwischen strikter Ablehnung und vollkommener Akzeptanz pendelten: Kinder dürfen das Spielen und Sichlangweilen nicht verlernen, Kinder müssen den Umgang mit neuen Medien einsaugen wie Muttermilch.

Nein, fragen Sie nicht mich! Ich weiß die Antwort nicht. Ich habe beides probiert, mitunter gleichzeitig, so viel zu meinem konsequenten Erziehungsstil. Erst gestern wieder wurden – end!gül!tig!!!! – die Smartphones einkassiert. Immerhin geschah es dezibelschwach, und es kamen keine V-Wörter zum Einsatz, ich bin fast ein bissl stolz.

## Wer Videospiel sagt, hat schon verloren

Außerdem bin ich mir nicht sicher, ob es nicht in der Job-Description als Erziehungsberechtigte von Teenagern vorgeschrieben ist, dass man seine Kinder und deren Interessen irgendwann einfach nicht mehr verstehen darf. So in Paragraf Dings, gleich hinter der verpflichtenden Versorgung mit Adventkalendern bis ins hohe Alter und dem Servierverbot von kohlartigen Vegetabilien und noch vor dem Grundrecht auf alle Folgen von »Austria's Next Topmodel«, bis zum bitteren Finale. (Danke, Gott, dass auch diese Staffel vorbei ist. Es war ein sehr schweres Kreuz.)

Denn ich muss noch einmal auf diesen Facebook-Thread jener Freundin zurückkommen, die kürzlich ihren Freunden die Konsolenfrage stellte, ihren eigenen Siebenjährigen betreffend, und auf die überaus diversen und gegensätzlichen Antworten darauf. Eine der Antworten von einem außerordentlich videospielaffinen Freund (ich weiß: Wer immer noch »Videospiel« sagt, hat schon verloren) war ein nicht wenig sarkastischer Kommentar, dass ganz offensichtlich die Generation X die Generation Y nicht mehr verstehe, »trotz empirischem Wissen. Ignorant und stolz darauf«, schrieb er, »nichts Neues«.

Nichts Neues, eh, aber eben. Ist es wirklich Ignorantentum, wenn wir alten Säcke die Youtuber- und Youtuberinnen-Leidenschaft unserer Kinder nicht mehr zu verstehen versuchen, sondern eben gerade Verständnis dafür haben, dass die Interessen der Nachkommen sich nicht zwingend mehr mit denen ihrer alten Eltern decken? Also einfach ein Freiraum, den wir ihnen lassen, eine Welt, die quasi nur ihnen allein vorbehalten ist, in die ihre Eltern nicht ständig mit pseudojuvenilem Bestemm und beladen mit den schlecht verborgenen Ängsten vor ihrem eigenen Älterwerden hineintaumeln, indem sie unbedingt versuchen müssen, sich für all das, was ihre Kinder da schauen, lieben und machen, zu interessieren und zu begeistern?

Tut man den Kindern nicht viel eher einen Gefallen damit, wenn man sie mit ihrem eigenen Verständnis von Pop in Frieden lässt und sagt: Sorry, ich Bob Dylan und LCD-Soundsystem und Ryan Adams und »The Leftovers« und Bücher und so altmodisches Zeug, du Taddl und Ungespielt und LeFloyd und Instagram und Bibis Beautypalace oder wie das alles heißt, viel Spaß damit? (Jedenfalls in der halben Stunde am Tag, in der Smartphonebenutzungserlaubnis erteilt ist.) Und ich brauch's gar nicht so genau zu wissen, sondern lese inzwischen endlich »Eine vorläufige Theorie der Liebe« weiter? Das ist übrigens ein Roman.

Lässt sich natürlich wieder nicht verallgemeinern. Muss man auch gar nicht. Hier glaube ich an eine gesunde Diversität von Erziehungsstilen, im Unterschied zur Frage »Gewalt in der Erziehung, ja oder nein«. Profil nannte die Entrüstung darüber ernsthaft eine »Fatwa«, ich halte mich mehr an Lena D., die das auf Facebook eher als »Furzföhn« betitelt sehen wollte. Und nein, ich spiel gar nicht mit Facebook rum, Kinder, das ist Arbeit, ja, doch.

# Eigentlich bin ich viel netter

Motto für 2015: Eleganz. Mehr Eleganz. Viel mehr Eleganz. Und Geschmeidigkeit. Für gehetzte Soziophobiker wie mich eine komplette und permanente Überforderung. Selbst der freundliche Yogalehrer fühlte sich kürzlich bemüßigt, mich daran zu erinnern, dass ich übrigens eine Frau sei, der Übergang in den Krieger zwei könnte doch vielleicht etwas femininer gestaltet werden, fließender, gefühlvoller oder. Ja, ich versuch's ja!

Das ist nicht so einfach! Ich muss das erst üben!

Und ich übe. Mehr Eleganz! Aber kaum sollte das Geübte auch einmal angewendet werden, ist natürlich alles weg. Sitze ich mit einer deutschen Kollegin an einem Freitagvormittag in einem Lokal am Brunnenmarkt, wir unterhalten uns konzentriert. Es sind nicht allzu viele Menschen in dem Lokal; an einem der Tische ein paar Meter entfernt sitzen zwei junge Frauen mit einem kleinen Kind. Das Kind ist süß, zwischendurch brüllt und greint es ein bisschen herum, aber das dürfen kleine Kinder an einem Vormittag in einem Kaffeehaus, das ist vollkommen in Ordnung, man nennt es Leben.

Aber dann dringt, während ich mit der Kollegin spreche, dieses Geräusch in das Gespräch, ein anhaltendes, heulendes Quäken, nicht brülllaut, aber laut genug, dass es sich nicht ausblenden lässt und tüchtig nervt, und schließlich erkenne ich das Geräusch. Ich besitze das Geräusch. Es liegt oben auf dem Waldviertler Küchenschrank, ganz hinten, verbannt und versteckt vor Besuchskindern.

Es ist das Geräusch einer Spielzeugautosirene, auf deren Knopf Kinder, wie Kinder das halt so tun, permanent draufhalten, und zwar so lange, wie man sie lässt, also bis es die Eltern ausschalten oder bis, weil es die Eltern nicht ausschalten, einer Frau im Lokal der Kragen platzt, die plötzlich aus ihrem Gespräch aufhupft und völlig eleganzfrei an den Tisch mit Kind bohrt und die beiden Frauen, Entschuldigung, in zu harschem Tonfall bittet, das doch bitte auszumachen, denn das störe sehr. Und die machen das auch sofort, eh total nett.

Aber ich sitze dann an meinem Tisch und kann mich weiter nicht auf das Gespräch konzentrieren, weil schlechtes Gewissen. War das jetzt wirklich nötig! Ja, das schon. Aber hätte man das nicht viel freundlicher sagen können! Doch, ja, entschieden: ja. Vor allem aber: Ist es jetzt also so weit, dass man so sehr der eigenen Kleinkinderphase schon völlig entwachsen ist, dass man allen Kleinkinddingen völlig entfremdet und verständnislos gegenübersteht. Ist man jetzt also schon die böse alte Hexe. Das hätte ich eigentlich viel freundlicher sagen wollen, wirklich, Entschuldigung. Viel eleganter. Ja.

Aber eben, kaum verlässt man das Haus, passiert sowas. Dabei verlässt man das Haus wenn möglich eh nicht, sondern liegt in jeder freien Minute im Bett und liest das Buch nicht weiter, das man längst weiterlesen wollte, und surft ersatzweise im Internet und sucht nach den 10-Life-Hacks-für-ein-eleganteres-Leben-Seiten. Ich übe, doch.

# Das sollte funktionieren, einwandfrei

Es ist praktisch unmöglich, das Haus zu verlassen. Typisches Jännerfebruar-Leiden. Okay, Sportstunden, Yoga, Futter, das gejagt werden muss, weil man nicht immer telefonisch kochen kann, zweimal W 25, einmal M 14 wie immer. Und ich muss in den TV-Provider-Shop; ein Anruf beim Technical Support führte nicht zu dem gewünschten Ergebnis. Tatsächlich lief es in einer Weise aus dem Ruder, dass man von einer Totalkollision mit allen Jahres- und Lebensmotti sprechen muss.

Eh: Man sollte nicht am Samstagnachmittag telefonisch das kleine Problem beheben wollen, dass das TV-Bild jedes Mal, wenn man den Laptop aufklappt, zu flackern anfängt. Laptop zuklappen, am Montag anrufen. Aber. Wenn man das Haus nicht verlässt, will man, dass alle weltverbindenden Geräte funktionieren, einwandfrei und gleichzeitig.

Ich bekam eine nette Person ans Telefon, die mein Problem verstand und mit der Beratung begann. Es war eine freundliche Unterhaltung, eine lustige Plauderei fast. Ich schaltete ein und aus, drückte hier und dort, exakt wie mir aufgetragen wurde, bis das TV-Bild tatsächlich nicht mehr flackerte. Es war tot, unwiderruflich. Das fand ich nicht gut. Die Person sagte, das liege dann wohl an diesen Adaptern, ich solle die in einem der Provider-Shops austauschen, es sei eh erst vier, der Shop habe bis sechs offen. Ich war dagegen, weil eben hatte das noch irgendwie funktioniert, jetzt funktionierte es gar nicht mehr, ich sah nicht ein, wieso ich dafür aus dem Haus sollte, ich fand, ein Techniker sollte kommen und den Schaden reparieren, den die Person angerichtet hatte. Die Person sagte, Techniker nicht vor Montag, und las mir aus ihrem Absicherungshandbuch vor, dass ich das dann selber zahlen müsse. Ich sah nicht ein, wieso ich für etwas zahlen solle, an dem ich nicht schuld war. Der Ton war jetzt weniger freundschaftlich. Die Person las mir den Satz wieder vor, immer wieder. Ich rief, die Person habe meinen Fernseher zerstört! Und solle sich nun gefälligst darum kümmern, dass er wieder funktioniere! Die Person legte dann einfach auf und ließ mich mit dem toten Fernseher allein.

Ich wartete darauf, dass mir, wie immer, eine Aufforderung gesimst werde, die Beratungsqualität zu bewerten, mit dem natürlichen Impuls, mich für null zu entscheiden. Während ich wartete, entschied ich mich allerdings, auf das Bewerten zu verzichten. Das SMS kam aber nicht, das schicken sie wohl nicht, wenn sie einem aufgelegt haben. Ich verstand das.

Ich bekam auch Mitleid mit der Person, der es nun sicher auch nicht gutging. Ich hätte das gern mit ihr ausgesprochen, aber das ging ja nicht. Stattdessen waberte schlechtes Karma durchs Zimmer. Ich zog mich an, verließ das Haus, radelte, wie es die Person geraten hatte, zu dem Shop, durch kalten, dunklen Regen. Der Shop hatte seit drei Stunden geschlossen. Danach schaffte ich es, mit einem mörderisch durch drei Zimmer gespannten Netzkabel, den Fernseher wieder in Betrieb zu bekommen. Ich brauche den.

# Das war dann schon richtig schön

Am Ende saßen wir in Newark am Flughafen. Eine Amerikanerin parlierte am Handy von irgendwelchen minor und major incidents, ich hörte nur so am Rande zu. Dann sagte die Frau, sie stehe hier am Gate nach Wien, und es sei irgendwie ganz beunruhigend, denn es gäbe keine line, und sie wisse jetzt überhaupt nicht, wie und wo sie stehen solle, sie sei total verunsichert.

Ja. Ich will jetzt nicht sagen, dass sei der Unterschied zwischen den Amerikanern und den Österreichern, aber von den Österreichern war keiner verunsichert. Sie bildeten, als es so weit war, ganz selbstständig eine Schlange, im Rahmen derer jede und jeder rechtzeitig in den Flieger gelangte und niemand sich prügelte, obwohl keiner aufpasste, dass niemand sich prügelt.

Es war lässig in New York. Ich war schon lange nicht mehr da, also tatsächlich exakt 14 Jahre und 27 Tage, denn zuletzt war ich zu Millennium da. Zu Millennium! In New York! Das soll mal einer! Und zwar auf einer todlangweiligen Studentenparty in Brooklyn, auf der ich vor lauter Verzweiflung dings, aber das braucht ja keiner zu wissen. Millennium! New York!

Und es ist jetzt natürlich alles ganz anders. New York, man selbst, denn man ist jetzt mit zwei Teenagern unterwegs, und die wollen daheim was zu erzählen haben. Brooklyn Bridge, Freiheitsstatue via South Ferry, Ground Zero, Katz's und natürlich Empire State Building.

Man kriegt einen ziemlich guten Eindruck vom Lebensgefühl in New York, wenn man während der Stoßzeit bei minus fünf Grad 25 Straßen die Fifth Avenue hinunterhastet, vom Central Park bis zur 34. Straße. So circa zwischen der 49. und der 38. Straße will man alles hinschmeißen: Man friert, man ist erschöpft, man hat Hunger, man will heim. Heim nach Wien, heim vor den Fernseher. Wer ist nochmal auf die Scheißidee gekommen, im Februar nach New York zu fahren? Ja, eh. Man dachte: Alle anderen gehen Ski fahren, wir fahren nach New York. Spitzenidee, du! Dieses deppate Empire State Building!

Aber als man endlich oben ist, nach einer kurzen klaustrophobischen Episode im Aufzug, ist es natürlich gut. Richtig gut. Es ist finster jetzt. Der Abend ist ganz klar. Und das ist dann schon sehr schön, wie Manhattan da unter und vor einem glitzert. Und Brooklyn. Und Queens.

Dort waren wir auch einmal, als wir nach Chinatown wollten. Metro, falsche Richtung, eh kein Problem, aber natürlich gab's, als wir am Queens Plaza ausstiegen und feststellten, dass der tatsächlich in Queens liegt und nicht in Chinatown, gleich einen, der laut predigte und furchterregend mit den Augen rollte. Das haben Kinder nicht so gern. Man selber auch nicht, aber man darf es nicht zugeben, denn man ist der furchtlose Erwachsene.

Apropos furchtlos: Anderntags sind wir Tyrion Lannister begegnet, wer ihn kennt. Direkt vor dem Chelsea Market im Meatpacking District, am Gehsteig. Nein, wir haben ihn natürlich nicht angesprochen, aber er war es, fix.

# Das ist leider stark in Vergessenheit geraten

Wieder das alte Mathe-Problem. Nein, ich kann dir bei deinen Hausaufgaben nicht helfen, das musst du selber machen. Und ja, du hast recht, ich kann nicht nur nicht, ich will auch nicht.

Ich möchte gar nicht aufzählen, was ich alles schon kann und wobei ich einem Heranwachsenden gerne behilflich bin. Die Liste ist sehr lang und enthält durchaus unübliche Posten wie U-Bahn-Fahren in New York, Bestechung von Schustern zum Zwecke der Reparaturbeschleunigung, ein friktionsfreies Verhältnis zu Marken-Sneakers, Kochen, Backen, mehrtägige Landhauspartys und, als Bonus, Bekanntschaften mit aus Funk und Fernsehen berüchtigten Persönlichkeiten. Was mich, meiner bescheidenen Ansicht nach, der Pflicht entbindet, auch noch die Mathe-Hausaufgaben verstehen und erklären zu können. Kann ich nicht. Will ich nicht. Muss ich nicht können und nicht wollen und muss ich eigentlich auch kein schlechtes Gewissen deswegen haben.

Habe ich aber natürlich eh. Das schlechte Gewissen jener Generation von Frauen, die beschlossen hat, alles zu dürfen, alles können zu wollen und alles schaffen zu können, und von denen man das dann auch erwartet. Auch wenn man dann fix irgendwann und immer wieder zu hören kriegt, dass man doch einmal runterkommen soll. Jetzt entspann dich doch mal!

Ja, wie denn! Beziehungsweise, wenn man sich dann entspannt mit ein, zwei Gläsern Wein oder meinetwegen anderen niederschwellig zielführenden Substanzen, was nun einmal am aufwandfreisten und effizientesten ist, dann heißt es gleich: Ja, so aber nicht!!! Das ist ganz schlecht! Da gibt es doch viel gesündere Entspannungstechniken! Die natürlich alle darauf hinauslaufen, dass man sich die Entspannung erarbeiten und erst wieder selber etwas dafür tun muss, um das selber zu schaffen. Aneignen, üben, tüchtig sein. Ohne Fleiß kein Preis. Ein Dilemma, ja.

Und man geht ja eh Yoga. Aber es ist nicht einzusehen, warum ich mich auch noch um die Mathematikkenntnisse der Kinder kümmern soll. Vor allem glaube ich ja, dass man einst genau deshalb die allgemeine Schulpflicht eingeführt hat: damit Kinder im Leben auch Dinge lernen, die ihre Mütter und Väter ihnen kompetenzdefizitbedingt nicht beibringen können. Eine sehr vernünftige Ausgangsidee, die im Rahmen unseres kaputten Schul- und Bildungswesens leider sehr stark in Vergessenheit geraten ist. Nur so ist zu erklären, dass die anderen österreichischen Eltern und ich 2014 gemeinsam 109 Millionen Euro für Nachhilfe ausgegeben haben. 109 Millionen kostet es uns, dass wir zu blöd sind, um unseren Kindern am Abend, nach einem langen Arbeitstag, das bissl Mathe oder Englisch oder Chemie beizubringen. Und zu faul. Und zu verantwortungslos. Und zu müde. Und zu sehr beschäftigt mit Kochen und Aufräumen und Wäschewaschen und schlechtes Gewissen zu haben. Und gefälligst mal entspannt sein.

Jawoll! Gleich.

# Schlaft gut, Kinder, schönen Tag, Mutter

Sleepless in Vienna. Immerhin kann man sich heute, da man nun schon mal um halb fünf Uhr früh wach ist, bereits die besten Oscar-Kleider im Internet anschauen. Man könnte sich auch die Übertragung anschauen, ist dafür aber noch entschieden zu unterkoffeiniert, beziehungsweise: nicht einmal zehn Kaffee würden daran etwas ändern. Hail to my girl Petra, die auf Wunsch ihres Kindes mit diesem um Mitternacht ins Gartenbaukino aufgebrochen ist, um sich das dort live und in Gesellschaft anzusehen. Man selber findet den Kurier-Ticker gerade aufregend genug und schön passend zum Aufwachen, danke, Kollegen.

Davor fürchte ich mich schon jetzt: dass mich die Brut in absehbarer Zeit zwingen wird, meine angegreisten Schlafgewohnheiten wieder aufzugeben und sie um zwei Uhr morgens bei irgendeiner Party aufzusammeln. Selbst um Mitternacht bin ich, sofern ich nicht gerade selber Party mache, längst in meiner REM-Phase. Zeitig ins Bett, früh auf. Noch zeitiger ins Bett, noch früher auf. Längst hat sich das familiäre Gute-Nacht-Kuss-Ritual umgedreht: Abends kommt der Nachwuchs ins Schlafzimmer und küsst die schon halbschlafene alte Mutter zur Nacht, um danach munter munter weiterzuteenagern bis ich weiß nicht wann. Keine Ahnung. Ich schlafe da schon längst. Ich bin eine Lerche. Während die Kinder sich durch die Nacht eulen und die Schnittmenge der gemeinsam wachen Stunden sich zusehends verkleinert. Immerhin: In fünf, sechs Jahren können sie mir, bevor sie selbst schlafen gehen, einen Kaffee ans Bett bringen, schlaft gut, Kinder, schönen Tag, Mutter.

Wahnsinn, wie lange diese Oscars dauern. Während ich hier schon knapp ein Drittel meines heutigen Tagwerks erledigt habe, vergaben die, entnehme ich dem Ticker, gerade mal beste Dokumentation, beste Filmmusik und bestes Drehbuch, und Lady Gaga hat in einem Birkenwäldchen »Sound of Music« gesungen. Nicht schlecht, behaupten die Kollegen, dennoch bin ich froh, dass ich es nicht hören musste. Ich schau mir am Guardian die »Best Oscar-dresses ever« an, kann mich für die Auswahl allerdings nicht erwärmen. Egal.

Man soll sich ja nicht für die Kleider interessieren, sondern für die Frauen darin, sagt auch Patricia Arquette, beste Nebendarstellerin, super. Selbst wenn man sich jahrelang lebensunterhaltstechnisch in einer mittelprächtigen Mystery-Serie abgeracktert hat, kann man trotzdem noch einen Oscar gewinnen: gut, gerecht und ermutigend. Überhaupt habe ich jetzt Freude dran, wenn alte Säcke gewinnen, die für die Dankesrede schon eine Lesebrille brauchen. Gut, Julianne Moore, schade, Michael Keaton. Und schade, dass »Boyhood« nicht mehr Preise kriegte, den haben wir einmal, als wir einmal alle gleichzeitig wach waren, zusammen angesehen und fanden ihn großartig.

Jetzt dürfen die Ticker-Kollegen schlafen gehen, danke, gute Nacht. Ich dagegen stehe auf, schalte die »Morning Show« ein, mache Frühstück und rüttle zärtlich an den Eulen. Schönen Tag, ihr alle.

# Rauchts von mir aus, bitte, rauchts

Hiermit stelle ich mich mutig der Gefahr, erstens mich verdächtig zu machen, der bösen Verbotsgesellschaft das Wort zu reden, zweitens auch heuer wieder für den Scheiß-Internet-Award nominiert zu werden. Aber leider gibt es so viele Dinge, von denen eigentlich klar sein sollte, dass man sie nicht tut, aber die Leute tun sie trotzdem. Was macht man dann? Man tippt sie im Theater zärtlich von hinten an und gibt ihnen freundlich zu verstehen, dass man es etwas störend findet, wenn sie während der Aufführung ihr Maxi-Sechser-iPhone in die Luft recken und damit Fotos, Videos und Selfies live auf Facebook und Instagram posten. Natürlich reagieren diese Leute verstört bis empört. Verbotsgesellschaft!! Da machen sie schön Werbung für das Stück und den Kunstort Theater als solchen, und dann! Ja, sorri.

Weil wir gerade beim Moralisieren sind: Richtig, man sollte nicht bei Amazon einkaufen. Wie ich kürzlich gesagt habe, dass ich's mitunter trotzdem tue, gab's viel Wutgeschrei. Eh zu Recht. Vor allem ein paar Buchhändlerinnen und Buchhändler waren sauer, und deshalb sage ich eins: Nie, nienieniemals bestelle ich Bücher bei Amazon. Bücher kaufe ich ausschließlich bei den Buchhändlerinnen meines Vertrauens, und bin ich zu faul das Haus zu verlassen, bestelle ich sie bei ihnen, die meisten machen nämlich eh auch Versand, schnell und unkompliziert. Bei Amazon kaufe ich mir ausschließlich merkwürdige Haushaltsgegenstände, für deren Erwerb ich dreimal umsteigen müsste. U.a. weil ich nicht mehr in das Haushaltswarengeschäft in der Nähe gehen kann. Ich habe dort kürzlich eine Thermosflasche gekauft, die kostete ungefähr dreimal so viel wie bei Amazon oder im Billigladen, doch ich wollte eine brave Konsumentin sein und Qualität im

Einzelhandel kaufen. Als ich sie dann benutzte, floss der Tee nur in dünnstem Rinnsale heraus. Ich ging in das Geschäft und trachtete die Flasche zu retournieren. Die Leute füllten heißes Wasser ein, es floss in dünnstem Rinnsale heraus, sie sagten, das gehört so. Ich sagte, das gehört nicht so, so viel Zeit habe ich nicht, ich möchte die Flasche bitte zurückgeben, eine Gutschrift ist okay. Der Geschäftsführer fragte mich, ob ich wolle, dass er pleite gehe, wolle ich das?, wolle ich das?? Ich ging mit der Flasche wieder aus dem Geschäft hinaus und gehe dort nicht mehr hinein.

Apropos Verbieten und Tschick: Rauchts, von mir aus. Aber wenn's möglich ist: Rauchts nicht in Gegenwart eurer Halbwüchsigen und der Kinder eurer Freunde. Denen seid ihr nämlich, ob sie es euch wissen lassen oder nicht, ein Vorbild, und wenn ihr nicht wollt, dass die zu rauchen anfangen, dann tuts nicht so, als sei es wurscht, ob man raucht. Eh fangen sie vielleicht trotzdem an, aber dann braucht ihr wenigstens deswegen kein schlechtes Gewissen zu haben, oder. Ja, schon gut, ich bin fertig.

# Diskutieren wir hier eigentlich ernsthaft?

Das hätte man doch ganz anders sagen können. Freundlicher, eleganter, vor allem: gänzlich unmissionarisch, nicht so befehlsförmig formuliert, sondern als eine die Intelligenz und das Verantwortungsbewusstsein lustig kitzelnde Frage: Wäre es nicht vernünftig, vor euren Kindern nicht zu rauchen, wollt ihr euch das nicht noch einmal überlegen? Eure Sache natürlich, aber ihr wollt doch tatsächlich alle nicht, dass eure Halbwüchsigen und so weiter. Ich fang jetzt nicht wieder davon an, aber jedenfalls hätte das viel leichter, viel heiterer daherkommen sollen, unbeschwert und federnd, keinesfalls so stahlhammermäßig: Tust! Du! Nicht! VERRRRBOTTTTTEN!!! Es ist nämlich auch sehr unangenehm, wenn man mit so einer Vorlage unter Leute geht, denn unter Leute gehen heißt ja immer: unter Leute gehen, die rauchen, man sitzt dann ja letztlich immer ganz allein, höchstens zu zweit am Nichtrauchertisch, während alle anderen vor der Tür stehen oder nur mal kurz auf eine Zigarette hinüber ins Raucherkammerl wechseln, um dann niemals wiederzukehren. Man weiß dann nie, wo man sein will, in so einer Situation: da, draußen, daheim? Wenn man Glück hat, ist der einzige andere am Tisch verbliebene Nichtraucher, die andere Nichtraucherin, eine interessante Person, mit der man sich gern unterhält. Wenn nicht, dann tja. Gut, dass bald Sommer ist, da sitzt man wieder draußen, die Differenzen verwischen sich, und unterm lauen Sternenhimmel sind dann endlich eine Warmsaison lang alle gleich.

Aber egal, um Mitternacht ist man eh daheim. Weltformel revisited: Auch nach einem launigen Abend bei und mit »Willkommen Österreich« hat sie sich wieder bewährt. Das Lässige an »Willkommen Österreich« ist ja, dass man immer so entlangplaudert an der Grenze von: Diskutieren wir hier ernsthaft oder blödeln wir nur so ein bisschen rum? Das ist nett, aber man muss auch auf der Hut sein, weil sich ständig einer mittendrin einfach umentscheidet. Danach schmeckt der Wein gut, aber die Weltformel, wenn man sie ernst nimmt, beschützt einen ja vor Schlimmerem. Die Weltformel, wer's nicht kennt oder schon längst wieder vergessen hat, besagt: Wenn man, egal wo man vorher umging, um Punkt 0.01 Uhr daheim in der Küche steht und den kalten Rest der Linsen mit Speck aus dem Reindl löffelt, kann einem eigentlich nichts passieren. Vor ungefähr zwei Jahren wurde sie hier postuliert, und nach diesem Versuchszeitraum lässt sich gültig behaupten: Sie funktioniert, und sie funktioniert praktisch immer. Denn nichts Gutes passiert nach Mitternacht; jedenfalls nicht Menschen, die fünfmal die Woche um sechs Uhr früh aufstehen und es wochenends mit Müh und Not schaffen, bis halb acht oder acht zu schlafen. Alle anderen, ich werde mich hüten, hier noch einmal zu missionieren, mit moralischem Schlatz um die Pappn; sicher nicht.

# Das Gedächtnis ist übrigens eine Scheibe

First World Problems. Das Problem mit Lesungen in der alten Heimat: Danach kommen viele Menschen auf einen zu, strahlen einen an und erwarten, dass man sie erkennt. Aber man erkennt sie nicht, und es liegt nicht daran, dass man ohne Brille nichts mehr Nahes sieht. Man erkennt sie auch nicht, wenn sie einen Schritt zurücktreten. Oder man erkennt, dass man sie kennt, etwas in ihren Gesichtern ist vertraut, löst in den Untiefen der Erinnerungszentrale eine Reaktion aus, bewirkt eine Beunruhigung, die sich radikal potenziert, während man nicht und nicht draufkommt, woher. War man mit der in der Jungschar? In der Schule? Wohnte die mal im Nebenhaus? Oder ist das ein Cousin, um Gottes willen, es ist vielleicht ein Cousin! Ratter, ratter. Lächeln! Ein unvorstellbarer Stress, dieser Versuch, noch rechtzeitig auf Name und Bekanntschaftsverhältnis zu kommen, bis die strahlende Person – langsaaaaam! Lass dir Zeit!! – bis auf Ansprechbasis an einen herangekommen ist. Ja, hallo! Du hier!

Der Umstand, dass man mehrmals Schulen und Klassen gewechselt hatte, erleichtert die Sache überhaupt nicht. Noch schlimmer ist es, wenn einer antanzt, über dessen sofort vertrautes Antlitz -nämlich das würdevoll gealterte des ehemaligen Englisch-Fessas – man sich total freut, weil man sich an den sehr wohl erinnert, und zwar außerordentlich positiv: Der netteste Fessa von damals aus einer AHS, an der die Dichte an unnetten Fessan überdurchschnittlich hoch war. Weil Versager-Borg voller gescheiterter Gymnasiasten und anderen Drogieriger: vorletzter Exit Matura, danach gab's nur noch eine letzte Abstiegsmöglichkeit. Aber der war ein richtig guter Lehrer, einer, der einem Freude am Lernen machte, der gelassen war gegenüber den Verwirrungen und Verwerfungen der

Adoleszenz, einer, den das Bildungssystem nicht zermürbte, einer, über den man immer wieder gerne spricht, weil er jetzt mit der Verwandtschaftsnachkommenschaft zu tun hat. Schön dich zu sehen! Wie geht es dir? Ich höre nur Gutes über dich!

Und natürlich weiß ich, wie der heißt. Und wenn der nur noch ein kleines bisschen plaudert, fällt es mir auch wieder ein, weil mir nämlich gerade klar geworden ist, dass ich seinen Namen nicht memoriere, ums Verrecken nicht, bissl smalltalken noch, bitte, ich kenne deinen Namen, ich weiß deinen Namen, er balanciert gerade irgendwo an der Kante des Gedächtnisses (das eine Scheibe ist, übrigens), und schon legt er einem ein Buch zum Signieren vor die Nase. Für. Und als man versucht, den Namen ganz am Rand noch zu erwischen, fällt er hinunter, ganz tief, endgültig, weg ist er, tschaulitschau, und man muss das augenblicklich Schrecklichste tun, man muss den netten Ex-Professor fragen, wie er heißt. Es ist so derart. Man möchte. Ja, eh, weiß ich doch!

Später schreibt man dem ein zerknirschtes Mail. Er schreibt zurück wie einer, der noch genauso freundlich ist wie früher: Wir werden doch alle älter. Oh ja.

# Bald werdet ihr alle Kimchi essen

Wieder einmal Berlin. Man ist mit einem hotspotkundigen Berliner zum Lunch verabredet. Er schickt eine Facebook-Message, 13 Uhr, kennst du das Dings, Ecke Rosenthaler und Alte Schönhauser?

Nein. Und habe ich schon einmal erwähnt, dass ich Orientierung gar nicht so gut kann? Eine massive Panik vor irrtümlichem Datenextremroaming macht speziell im Ausland die Sache nicht besser. Aber man kann ja im Hotel schnell googeln und findet das Lokal (schick, viereinhalb Bewertungssterne), geht dann los, findet die Alte Schönhauser, findet die Neue Schönhauser, findet die Rosenthaler, aber keine Ecke Rosenthaler/Alte Schönhauser (no na, weil es die nicht gibt, was man aber nicht weiß), und es ist bereits fünf vor eins, und man hat keine Ahnung, wo man hin soll, links oder rechts, und jetzt ruft auch noch jemand an, und während man nervös die Ecke Neue Schönhauser und Rosenthaler abhoppelt und telefoniert, erblickt man vis-à-vis das Dings.

Erstens nie mich an Adressen schicken, die als solche nicht existieren.

Zweitens ist es ein Selbstbedienungsrestaurant, im gediegenen Starbucks-Look, mit scheißebraun furnierten Stehtischchen und Barhockern, urgemütlich. Ich verstehe nicht die Liebe der Menschen zum Selfservice. Ich verstehe nicht, wieso man freiwillig in ein Selbstbedienungsrestaurant geht und sich dort für eiskalten Salat mit Hühnerstreifen im Plastikreindl anstellt, wenn es an allen Ecken wunderbare Lokale gibt, in denen man warmes Essen auf Porzellantellern an Tischen mit Sesseln serviert bekommt. Aber kuckstu, alter Osten, in und vor dem Selbstbediener alle Tische besetzt und die Schlange endlos.

Den Berliner kann ich nicht entdecken. Überhaupt, wie ist die Treff-Etikette in einem Selbstbedienungslokal, holt sich der Ersteintreffende schon einmal was, sucht sich einen Tisch und wartet mit welkendem Essen, bis der andere kommt? Oder setzt man sich erst einmal ohne alles an einen Tisch und lässt sich von Personal und ordnungsgemäß tablettbeladenen Tischsuchenden schief anschauen, quasi illegaler Tischbesetzer? Was ist, wenn auf dem Tisch eine Wohnungsbesichtigungsmappe liegt, ist das wie ein Handtuch auf einer Strandliege, also besetzt, kommt gleich wer und verscheucht einen und man muss sich mit hochrotem Schädel hinten anstellen, oder wurde die Mappe einfach liegengelassen? Hinsetzen, wieder aufstehen, woanders hinsetzen, angestarrt werden, wieder aufstehen, vor dem Lokal auf und ab gehen, angestarrt werden, 20 furchtbare Minuten lang.

Der Berliner kam nicht. Ich stellte mich in die Schlange, kaufte um viel Geld einen eiskalten Salat in Wegwerfplastik und damit Zugang zum WLAN, so erfuhr ich endlich, dass der Berliner via FB längst abgesagt hatte, schwieriger Kunde dazwischengekommen, sooo sorry.

Ich ging dann in einen Koreaner und bekam eine heiße Kimchisuppe (Kimchi: Dafür werdet ihr euch bald anstellen) auf Porzellan an meinen Tisch serviert. War gut.

# Und alle Staffeln der »Sopranos«, Amen

In Wirklichkeit habe ich in Berlin gar nicht die Kimchisuppe gegessen. Und ich habe sie auch nicht in Mitte nicht gegessen, sondern in Kreuzberg-Friedrichshain, in der Seoul Kitchen, wo ich die Chili-Beef-Ramen aß, was man jetzt glauben kann oder nicht. Ich mag Kimchi nicht besonders, wie die meisten sauren Sachen, außer die von Haribo, und Sauerkraut, wenn es mit karamellisiertem Zwiefel etwa drei Stunden lang in Sprudelwein gekocht wurde, unter Beigabe erheblicher Mengen von Butter, was jeden Rest von Säure zuverlässig ausradiert.

In Berlin gibt es ein Hotel, in dessen langen, finsteren Gängen in jeder Ecke ein Bildschirm hängt, und auf diesen Bildschirmen läuft ohne Unterlass »The Big Lebowski«. Wenn man im Zimmer das TV aufdreht, findet sich ein eigener Kanal, auf dem auch nur und ohne Pause immer nur »The Big Lebowski« läuft.

Das ist gut. Und das ist mir eingefallen, als ich schon nicht mehr in Berlin war, sondern in Aussee, wo ich mich in der Nacht im Hotel durch die Kanäle zappte und wieder einmal bei »Indien« hängen blieb, auf ORF III, und hiermit möchte ich eine Petition starten, dass es einen Fernsehkanal geben möge, auf dem immer nur »Indien« gespielt wird, in einer endlosen Schleife, 24 Stunden am Tag. (Und einen, auf dem immerzu alle Folgen von allen Staffeln der »Sopranos« zu sehen sind, hintereinander, bis in alle Ewigkeit, Amen.) Auch nach all den Jahren ist »Indien« immer noch so unfassbar gut, man möchte heulen vor Glück, dass Österreich einmal so etwas Gutes hervorgebracht hat. Es ist der Beweis, dass österreichisches Fernsehglück möglich ist, trotz der »Vorstadtweiber«.

Ich kann den Erfolg der »Vorstadtweiber« nicht verstehen. Es ist so verrückt traurig, dass so etwas so großen Erfolg hat. Und mir tun die Schauspielerinnen so leid. So tolle Schauspielerinnen, so schöne, gestandene Weiber, und in der ersten Viertelstunde dieser Serie müssen sie sich alle ausziehen und Sexspielzeug in die Hand nehmen. Keine hat einen ordentlichen Beruf, alle verbringen ihre Tage mit demütigenden Affären. Ich verstehe den Erfolg der »Vorstadtweiber« nicht. Und ich wünsche mir hiermit einen »Indien«-Sender, auf den man immer umschalten kann, wenn einen das restliche Fernsehprogramm in tiefe Deprimiertheit oder Weinkrämpfe stürzt, der einem für 90 Minuten oder idealerweise 24 Stunden den Glauben zurückgibt, dass Qualität, gute Bücher und großartige, schwierige Figuren in diesem Raumzeit-TV-Kontinuum möglich sind. Oder zumindest einmal waren. Und weil es nie zu spät ist, für etwas Gutes zu danken, sage ich: Danke Alfred Dorfer, danke Josef Hader, danke Paul Harather für »Indien«.

Natürlich wäre das Leben viel einfacher, wenn man jemand wäre, der bei den »Vorstadtweibern« Freude und Einschaltimpuls empfände. Aber man wäre auch gern jemand, dem Culottes, bunte Leggings oder Neon-Sneakers stehen. Und dem Saures schmeckt. Aber leider.

# No, this one, thank you very much

Ah, Berlin wieder. Immer einen Schritt voraus. Zum Beispiel in der Gastronomie, wo in Berlin immer wieder neue Standards unterschritten werden. Und so sollte man jetzt besser damit rechnen, dass man in einem dieser trendigen (»Der Besitzer hat mal im El Bulli gearbeitet!«, was mir natürlich von vornherein eher Angst macht) Neuköllner Lokale sein Essen nicht mehr nur selber am Tresen bestellen muss, sondern dabei auch nicht mehr verstanden wird. Ich hätte gern einen Espresso, und was ist denn das da bitte? Could you say it in Englisch, please? Oh, globales Dorf, oh wir sprechen doch alle eine Sprache, oh sure.

Allerdings weiß man angesichts der verständnislosen Bakery-Bar-Dame, die mit hängenden Armen und verlegenem Lächeln hinter der Theke steht und die Frage, was denn das da in der Vitrine sei – no, this one! –, auch nicht beantworten kann, als sie auf Englisch gestellt wird (es handelt sich um ein Croissant mit Toastschinken und Gouda, wie man es aus dem El Bulli kennt), dass das noch nicht alles gewesen sein wird.

Lieber erst mal Espresso, tap water and this cake here, please; no, this one!, thank you very much. Immerhin wird einem beschieden, man dürfe draußen Platz nehmen und werde beliefert. OH! Wow. Man muss es nicht selber von drinnen holen. Welch besonderes Privileg in einer gastronomischen Einrichtung.

Einmal, vor sehr langer Zeit, an einem sehr heißen Sommertag im Volksgarten-Pavillon, habe ich mit Hans Platzgumer, Schorsch Kamerun und noch ein paar Leuten unmittelbar vor einer durstbedingten Ohnmacht spontan einen Fanclub für einen der Kellner gegründet. Das fällt mir in Berlin wieder ein, wo ich mit dem reizenden D. in der Sonne sitze und meine Konsumation erwarte. Und dann kaum mehr erwarte.

In Berlin ist es so, dass die Kellnerin, nachdem sie lange nichts, dann wiederholt das Falsche herausgetragen hat, schließlich korrekt Kaffee, Wasser und Kuchen bringt. Und zwar. Also. Hiermit rege ich an, dass endlich jemand so ein leichtes, stabiles, ganz flaches Ding mit Rand etwa in der Größe einer Schallplatte erfinden möge, das es Servierpersonal erlauben würde, unkompliziert mehr als zwei Getränke auf einmal zum Gast hin zu befördern.

Obwohl, diese Kellnerin weiß sich auch ohne so zu helfen. Sie bringt rechter Hand ein Glas Wasser, linker Hand den Kaffee, und den Kuchen trägt sie unter der Achsel heraus, von wo der Gast ihn herauszupflücken aufgefordert wird. Thank you!! Das würde, sagen wir, bei den Gästen vermutlich nicht so gut ankommen, wäre die Kellnerin eine beleibte, schwitzende 45-Jährige in Schlauchtop und Crocs. Aber diese Kellnerin ist süße 22 oder so, hat eine putzige Hipsterfrisur, ein herziges, entschuldigendes Lächeln und ein sehr kurzes Kleidchen, sie könnte den Kuchen auch in ihrem Turnschuh servieren, alle fänden das gut.

Immerhin: Der Kuchen schmeckt richtig delicious. Hier komm ich fix wieder her.

# Dieselben Leute, die gleichen Peckerl

Zuerst einmal ein spätes, inniges Dankeschön an alle Arena-Besetzerinnen und -Besetzer, die vor 39 Jahren dafür gesorgt haben, dass der alte Schlachthof ein Kulturort geblieben ist. Am Donnerstag wieder einmal dort gewesen und zum ich weiß nicht wievielten Mal gedacht: Was für ein herrlicher Ort. Was für ein wahnsinnig großartiges Open-Air-Gelände. Was für ein Blick, was für eine Stimmung. Was für feine Leute. Was für alte Bekannte. Und was für hervorragende Traditionen, aufrechterhalten gegen alle konsumistischen Widerstände: Leitungswasser gibt's an der Bar noch immer gratis, antialkoholische Getränke sind nach wie vor billiger als alkoholische. Da schickt man seine Kinder gerne hin. Dann. Später.

Erstmal gehen wir durch die Phase, wo man in die Arena geht, sich, als alte Auskennerin, im Beisl in der traditionell kürzeren Kloschlange anstellt und dort, eh klar, andere Auskenner trifft, mit denen man hier schon vor 25 Jahren in der Kloschlange stand oder am Wuzler oder an der Bar oder bei der linken Box, wo man mit frisch tätowiertem und in Frischhaltefolie gepacktem Oberarm Sonic Youth gesehen hat und vorher und nachher noch hunderte andere Bands. Heast!!! Oida! Wie geht's dir? Gut schaust aus! Du bist ja praktisch unverändert! So unverändert wie übrigens das Arena-Beisl: die gleichen Leute, die gleichen Peckerl, die gleichen Hunde, das gleiche Mobiliar, es ist schön, dass man sich auf manche Dinge verlassen kann.

Es gibt nur den einen gravierenden Unterschied, wir sind diesmal nicht allein da. Sondern mit dem Nachwuchs. Praktisch jeder, den man von früher kennt, hat einen Teenager im Schlepptau, oder nicht im Schlepptau, weil die Teenager die peinlichen Ex-Pseudo-Punk-Erziehungsberechtigten so schnell wie möglich verlieren und sich panisch in Gruppen Gleichaltriger flüchten. Weil: Es ist Bilderbuch-Konzert, und auf die famosen Bilderbuch kann man sich von 13 bis 60 einigen. Bereits im Vorfeld wurde auf Facebook die Frage laut: Gibt's eine Eltern-Selbsthilfe-Gruppe? Ja, gab es, und sie war riesig. Mütterrudel revisited, quasi; allerdings nun mit Headbangen beschäftigt und anderen extrem altmodischen und würdelosen Zuckungen.

Das Teenagervolk also fand, dass man seiner Begeisterung bitte unbedingt in entschiedener Entfernung Ausdruck verleihen sollte, also wir sind in der ersten Reihe, es wäre okay, wenn ihr irgendwo ab der Mitte zu stehen kommt.

Seid ihr sicher, dass ihr uns nicht braucht?

AB-SO-LUT sicher, tschüss.

Ihr kommt zurecht so ganz allein?

JAHA!; und findet uns bitte nicht, wir finden euch schon, falls es notwendig sein sollte.

Na ja, okay, man ist hier ungebraucht. Passiert jetzt öfter. Hat allerdings überwiegend Vort … Hey, Oide, du auch hier!!!! Leiwand oder? Voi leiwand!!!

Extrem super Band, diese Bilderbuch, aber ich glaube, das erwähnte ich schon.

# Es war gut, auch wenn's nicht gut war

Es ist vollbracht, dankeschön. Schuljahr vorbei. Es wird in diesem Haus wieder laut gesungen, das hat eine Zeitlang, am Notenstress-Peak, schmerzlich gefehlt, statt dessen Druck, alle Tage, hast du das gelernt, hast du dies gemacht … Ist man dafür Mutter geworden, dass man den armen Kindern alle Tage bis in die Nacht hinein zubisteigen und sie zu Sachen zwingen muss, die man selber nie gern gemacht hat und von deren Sinn man bis heute nicht überzeugt ist? Es tut einem wirklich selber weh, immer wieder, und so sehr der laute Gesang bei der Arbeit stört, so froh und dankbar ist man, dass er jetzt allerweil wieder erklingt und zwei, drei Monate weiter erklingen wird. Alle Feste sind absolviert, die Tanzaufführung akklamiert, und es war schön, auch wenn es nie wieder so schön wird wie in dem einen Jahr, als die Sechsjährigen eine reizende Choreo zur Aufführung brachten, zu Beiruts »My Night with the Prostitute from Marseille«.

Ein Schuljahr herum ist so gesehen viel einschneidender als nur ein Jahr herum, und auch viel mehr Grund zur Freude und zum Rückblicken. Man hat, man hat und man hat sogar. Man hat nicht und man hat nicht mehr, auch wenn's schwierig war und schmerzhaft, und man ist nicht wieder, und das war gut. Man hat jeden Tag die Betten gemacht oder fast jeden, und überhaupt war es ordentlicher als zuvor, auf eine gesunde Weise. (Bis vielleicht auf das eine Mal, als man vor der Haustüre umdrehte und mit dem Lift wieder hochgefahren ist, weil man vergessen hatte, die Betten zu machen. Das war vielleicht ein wenig, tja, zwänglerisch, auf die Weise, dass die Vorarlberger Mutter sehr stolz auf einen wäre und alle anderen zeigen einem den Vogel. Nun ja.) Also. Danke, es war gut.

Nein, es war sehr gut, auch wenn's nicht gut war. Denn auch wenn's nicht gut war, nicht mal wenn's gar nicht gut war, war's immer noch gut. Immer noch viel besser, als es sein könnte. Als es woanders ist, an den Orten, von denen die Menschen zu Millionen fliehen.

Neben all den erschreckenden Videos und Bildern war es komischerweise ein Satz in einem ganz anderen, völlig banalen Zusammenhang, der picken geblieben ist, weil er so deutlich sagt, wie es ist. Es ging, das war irgendein Frauenblog, um die sieben oder zehn Gründe, warum frau den inneren Schweinehund bekämpfen und jetzt sofort laufen gehen soll, und Nr. 3 war: Weil wir es können. Weil wir das dürfen. Während es im Jahr 2015 an so vielen Orten der Welt nicht selbstverständlich, sondern verboten und vollkommen undenkbar ist, dass eine Frau sich eine Lycrahose und ein enges Leiberl anzieht, sich die Laufschuhe zubindet und einfach losläuft, in den Wald, über die Wiese, die Straße lang. Und weil Frauen in so vielen anderen Ländern wirklich andere Probleme haben als ihre Fitness.

Es geht mir wie Freundin M. auf Facebook, die beschlossen hat, jetzt mal eine Zeitlang einfach nur dankbar zu sein, für das, was hier ist, »der pure Luxus, das alles«, und ja, so ist es.

# Doch, das stimmt, der Horwath ist mein Zeuge

Am Sonntagabend, wenn man zurück nach Wien fährt, bleibt die Mutter für gewöhnlich auf der Strecke kurz stehen und schmeißt das Leergut in einen Container an der Bundesstraße. Die Leergutcontainer, die am Dorfplatz stehen, sind konsequent überfüllt, dafür sorgen »die Wiener«. (Die Anführungszeichen kann man hören, wenn die Einheimischen »die Wiener« sagen.) »Die Wiener« saufen am Wochenende immer so viel, dass dann kein Platz mehr im Container ist, wenn der Einheimische sein leeres Sojasaucenflascherl dort hineinwerfen möchte, und das merkt sich der Einheimische. Der nicht ganz deppate Wiener entsorgt sein Dutzend leerer Weinflaschen also lieber woanders.

Zum Beispiel an dem einsamen Container an der Bundesstraße, wo nur zwei Häuser stehen und ein Wirtshaus, das am Sonntag geschlossen hat. Wie wir letztes Mal die Tür aufmachen, springt uns ein Hund ins Auto, buchstäblich, durch die Tür ins Auto herein. Nach dem ersten Schreck zeigt sich: Das ist ein ganz junger Hund, und er ist sehr süß. Wir zerren den Hund wieder aus dem Auto hinaus, was nicht leicht ist, weil er kein Halsband trägt und wie ein Irrer um uns herumhüpft. Wo gehört der Hund hin? An den zwei Häusern öffnet niemand, das Gasthaus ist finster. Das Teenagervolk gleich juhu, eh klar, die Mutter ojeojeoje. Aber das Hundi kann man nicht einfach allein da herumhopsen lassen, also ruft die Mutter erstmal die Polizei an. Die kommt schon nach 20 Minuten, das ist für die Kinder allerdings Zeit genug, um sich für das Hundi, das wirklich extrem putzig ist, einen Namen zu überlegen. Oh mein Gott. Der Polizist scannt den Hund mit einem Lesegerät und informiert die Mutter währenddessen, dass die Polizei einen zugelaufenen Hund nicht mitnimmt; Vorschrift.

Aber was, wenn der Chip nichts bringt? Tja. Man könne ihn auf eigenes Risiko mitnehmen oder ihn ins Tierheim bringen.

Sprechen Sie einmal das Wort Tierheim vor zwei Teenagern aus, die seit Jahren um einen Hund betteln. Die in einer Minute 45-mal IchwilleinenHund sagen können, ohne Luft zu holen, doch, das stimmt, der Horwath ist mein Zeuge. Tierheim?! Was??

Die Kinder machen schon Gassi-Pläne, die Mutter macht sich Sorgen um ihre Zukunft, weil sie um die Stabilität solcher Pläne Bescheid weiß. Die Chip-Information langt ein, der Hund ist in Österreich nicht registriert. Na supsi. Die Kinder begrüßen euphorisch ein neues Familienmitglied, während der Polizist Daten notiert, als ein Auto vor dem Gasthaus bremst, dessen Fahrer aussteigt und ins Haus hineingeht, während er ungerührt den Kindern zuschaut, die mit ihrem Hund herumtollen. Der Polizist geht ihm nach. Es stellt sich heraus, dass der Hund zwar nicht dem Mann, aber zu dem Gasthaus gehört und ausgekommen war.

Der Nachwuchs, der fünf Minuten lang einen Hund besessen hat, schluchzt den ganzen Heimweg, von vorn tröstet die Mutter und sagt dazwischen tonlos 45-mal pro Minute »Ohdankegottdankedanke«. Ohne Luft zu holen, kein einziges Mal.

# Aber es könnte alles viel, viel schlimmer sein

Mein kluger Kollege von rechts nebenan lässt sich seine Kolumne jetzt quasi von Facebook schreiben, ich hätte das auch gern. Während er in seinem weißen Arbeitsmäntelchen im keimfreien, klimatisierten Labor sitzt und mit der Lupe von Facebook-Freunden eingeschickte Lichtbilder von Kleintieren analysiert und gescheite, studierte Worte dafür findet, werden wir hier in der »Natur« von Fluggetier aufgefressen, angeknabbert, gepikst und vergiftet. Und präsentieren uns als Folge davon in ganz neuen, oft überraschenden und originellen Aggregatszuständen: mit zugeschwollenen Augen, bizarr verformten Gliedmaßen und mit von wütendem Kratzen roter Haut. Von Stanzeln, Bremsen und so vielen Wespen, dass man mit seinem Teller fluchend in Innenräume flüchtet.

Aber bitte, es könnte viel, viel schlimmer sein, als es ist. Der Horwath hat in Kroatien eine Peka gekauft, so einen großen, kugelförmigen Feuertopf, und der wird jetzt mit Fleischteilen gefüllt, mit Erdäpfeln und mit dem bissl Gemüse, das wir heuer den Schnecken und der Trockenheit abtrotzen konnten.

Dann wird er ein paar Stunden unter Glut vergraben. Dann kommt er auf den Tisch, dann laden wir unsere Teller voll, dann flüchten wir damit vor den Wespen oder plötzlich einsetzendem Starkregen in Innenräume und essen fantastisch. Es ist ein sehr schönes Leben, das wir da erwischt haben. Unsere Welt ist klein, überschaubar, klar strukturiert und übersichtlich mit lange vertrauten Charakteren bevölkert. Das schafft ein für leutscheue und andere schwierige Menschen sicheres Umfeld, welches die Möglichkeiten, dass man unvermittelt niedergebrüllt wird, stark einschränkt. Das ist sehr beruhigend und angenehm.

Auch angenehm ist, dass die Teenager nun endlich Rasen mähen können und es auch tun, fluchend und gegen Bezahlung, versteht sich. Das erleichtert das eigene Leben ungemein. Später schwingt sich der ganze Teenagerpulk auf die Fahrräder, weigert sich, Helme aufzusetzen, und radelt an entfernte Orte, um dort Abenteuer in der Natur zu erleben, die bei den alten Müttern und Vätern, wenn sie hinterher die Filme davon beim Abendessen am Handy vorgeführt bekommen, Panikattacken und Magenumdrehung auslösen.

Ohmeingottohmeingottohmeingott.

Krieg dich wieder ein, Mutter, wir passen schon auf.

Man ist direkt froh, wenn es endlich wieder einmal schüttet und der Nachwuchs sicher auf dem Sofa netflixt, die Innenräume beduftet und sich kratzt.

Wollt ihr was zu essen?

Gibt's noch Tiefkühllasagne?

Nein, ist aus.

Was gibt's denn?

Nudelsalat, Linseneintopf und ein bissl Mangoldtarte von gestern.

Danke, sehr lieb! Vielleicht später. Wieso haben wir eigentlich keine Mikrowelle?

Es könnte alles viel schlimmer sein, wie gesagt.

# Kann man, muss man aber nicht

Um acht Uhr früh hupt es vorne auf der Straße. Man steigt aus dem Bett, stellt die Espressokanne auf den Herd und geht in Pyjamahosen aus dem Haus und durch das taufeuchte Gras. Die Sonne scheint schon, es ist schon warm. Man überquert die stille Straße, sagt dem Mann, der dort wartet, guten Morgen und kauft ihm dann aus seinem Bäckereilieferwagen ein paar frische Semmerl ab. Man geht durch die feuchte Wiese zurück, man schaut nach den Paradeisern, da schau her, eine wird doch schon rot. Ein Traktor rattert vorbei, dann ist es wieder still. Man geht durch den Regenbogen des leise schwingenden Plastikstreifenvorhangs zurück ins Haus und in die Küche, und der Kaffee ist schon fertig. Am Abend wirft einer den Griller an, und alle anderen kommen vorbei und werfen was darauf, und wir sitzen bei Kerzenlicht im schwindenden Tag und essen und reden und trinken Wein, bis wir müde sind, gute Nacht.

Das ist der Sommer. Das ist das Bild dafür. Besser kann's nicht sein.

Man könnte natürlich nebenbei erwähnen, wie viel Arbeit all das macht. Oder, dass es schon seit sieben Jahren immer morgens auf der Straße hupt und man leider erst vor drei Tagen geschnallt hat, dass das der Bäcker ist und man auch nicht vorbestellen muss. Man kann auch erzählen, dass es nicht nur errötende Paradeiser zu begutachten gibt, sondern auch schneckenzerfressene Salate, von eckigen Käfern zerlöcherten Mangold, eine einzige tapfere Zucchini und ein paar Fisolen, dermaßen vereinzelt, dass man sie aus Mitleid und weil man kein Rezept für genau vier Fisolen hat, lieber nicht erntet. Man könnte berichten, wie sich die eingeborenen Dörfler von ihren Traktoren herunter über uns lustig gemacht haben, während wir brave, vorbildliche Wochenenddörfler sein wollten und auf dem Dorfspielplatz Randsteine einstreberten. (»Da schau, die gscheatn Weaner! Können jo eh hackln!« Sie meinen das aber eh nett. Doch, ich bin ziemlich sicher, dass sie das nett meinen.)

Man könnte erzählen, wie auf jeder Saubirne und jedem Klarapfel, den man nicht unmittelbar aus der Wiese entfernt, sofort 30 Wespen Platz nehmen und darauf lauern, dass ein trotz wiederholter Warnungen (»Chill, Mutter!«) bloßfüßiger Teenager hineinsteigt. Wie mannshohe Brennnesseln das Grundstück überwachsen und Spinnweben das Haus. Oder wie man unlängst durch den idyllisch im Sommerwind wehenden Plastikstreifenvorhang wandelte und sich dabei überlegte, wie viele Jahre der hier schon hängt und wie viele Kinder da schon mit schmierigen Händen durch sind und wie viele Katzen, und wie man ihn dann Streifen für Streifen mit antibakteriellem Dings abwischte, und das Bild erinnerte einen daran, wie die Großmutter selig früher die Fransen von ihrem Teppich gekämmt hat. Und man könnte erwähnen, wie die Teenager darüber maulen, dass schon wieder gegrillt wird, immer wird nur gegrillt.

Könnte man. Aber man muss nicht. Es ist Sommer. Besser ist es nie.

# Hey, wie spät ist es überhaupt?

Jeden Sommerferientag stellt sich die Frage: Wann darf man einen Teenager in den Ferien wecken? Darf man ihn überhaupt wecken? Der Teenager ist selbstverständlich der Meinung: nein. Also, wenn man ihn schließlich doch weckt, nachdem man ihn die halbe Nacht im Haus herumgeistern hat hören, weil er sich nach Mitternacht noch die Haare färben oder sich ein Ohrloch stechen musste, oder jemandem assistierte, der sich nach Mitternacht die Haare färben oder ein Ohrloch stechen musste, und sich dann, weil das hungrig macht, einen kleinen Snack zubereitete, bevor man sich bis zur Dämmerung zum Netflixen und Youtuben versammelte.

Man rüttelt also sanft an dem Teenager. Der Teenager wirft einem durch verklebte Augen einen Mörderblick zu und blafft mit belegter Stimme: Echt, darf man nicht einmal in den Sommerferien ausschlafen?!? Wieso weckst du mich schon? Wie spät ist es überhaupt?

Zwei. Es ist zwei. Zwei Uhr nachmittags.

Ja, okay. Und warum weckst du mich?

Im Prinzip gehört das zu den Dingen, die einen Hausbesitzer plagen: Das meiste, was man von früh bis spät in einem Haus erledigt, bleibt unbemerkt und würde nur bemerkt werden, wenn es nicht erledigt würde. Der ungeweckte Teenager fällt nicht auf, aber irgendwann wird man die Folgen davon ausbaden müssen, wenn sich die Wachzeiten zwischen den Generationen derart verschoben haben werden, dass die Teenager genau dann die Augen aufschlagen, wenn die Erziehungsberechtigte sich zur Nacht legt, sodass man irgendwann und nur noch das Chaos beseitigt, das Teenager, die sich einen Snack zubereiten, halt so hinterlassen: schwitzender Speck, Eierschalen, Tiefkühlpizzakartons, aufgerissene Puddingpackungen, ruiniertes Teflon. Ja, eh lässt man ein Donnerwetter losbrechen, aber es verhallt unbemerkt im Land der Träume.

Bah, ich hatte einen bizarren Traum, ich hab geträumt, du hättest mich voll angebrüllt.

Das liegt daran, dass ich dich voll angebrüllt habe.

Echt, hab ich gar nicht bemerkt.

Aber Unbemerktheit ist das Los der Hausbesitzer: Man bindet den wuchernden Wein hoch, reißt einen Hektar mannshohe Brennnesseln aus, senst hohes Gras, holt die Spinnweben herunter, hebt eine Tonne Fallobst auf, repariert den Wasserhahn, montiert ein neues Gartenlicht, pickt einen Eimer Schnecken aus dem Beet, schneidet vier Kubikmeter wucherndes Gebüsch weg und erledigt dazwischen die Erwerbsarbeit, bevor man sich um den Sonnenuntergang herum mit einem Bierchen niederlässt und zufrieden sein Tagwerk betrachtet. Wobei man von einem eben erwachenden Teenager betreten wird, der einem aus verpickten Augen einen tadelnden Blick zuwirft und einen mit belegter Stimme wissen lässt, dass man wirklich auch einmal etwas anderes tun könnte, als immer nur herumzusitzen und zu facebooken und Bier zu trinken. Gut, dass der Horwath auch da ist und dieses Schicksal teilt, zu dem geht man dann.

# Mögen sie ihn noch lange lustig finden

Nur weil ich ihn unlängst auf FM4 gehört habe: Ich bin Michael-Buchinger-Fan. Also insofern, als ich seinem Singsang nicht besonders gerne zuhöre, seiner guten Laune misstraue, ein Problem mit seinem Pony habe und seine Geschichten nicht besonders lustig finde. Ich bin ein entschiedener Fan von Michael Buchinger. Denn seit die Teenager Michael Buchingers Youtube-Kanal entdeckt haben und faktisch nur Michael Buchinger schauen – einen 23-jährigen schwulen burgenländischen Youtuber mit Wohnsitz in Wien und Berlin, der gern vor der Webcam ein Glaserl Wein trinkt und dabei nicht besonders lustige Schwänke aus seinem Leben erzählt –, quatschen die nicht mehr in diesem beschoiatn Piefkisch rum, kannste mal sehen, du Opfa, lecka, ey. Sondern wieder normal oder so ähnlich, es klingt jedenfalls endlich nicht mehr, als stammte unsere gesamte Familie aus einem Kölner Slum, in der achten Generation. Ich bin Michael Buchinger außerordentlich dankbar für das, was er für meine Lebensqualität getan hat, indem er die Teenager geheilt hat und ich vorläufig nicht um ihre politische Haltung bangen muss. Mögen sie ihn noch lange lustig finden.

Was wieder einmal beweist: Es ist alles eine Frage der Vorbildwirkung, Teenager brauchen Vorbilder, wobei man sich lieber nicht zu der Illusion versteigen sollte, dass man selbst als solches irgendwie qualifiziert wäre. Man kann zum Beispiel 5000-mal nach dem Essen demonstrativ seinen Teller packen und ihn samt Besteck in die Spülmaschine verfrachten. Das bewirkt beim Teenager nichts. Was hilft, ist demonstrative schlechte Laune, wann immer der Teenager den Teller nicht wegräumt, das findet er auf Dauer so unangenehm, dass er schließlich ausgefeilte Kulturtechniken entwickelt, die es ihm ermöglichen, Speisen, auch Hauptspeisen, ohne die Beschmutzung von Porzellan und Metall zu verzehren. Tatsächlich verzichtet der Teenager letztlich lieber auf die eine oder andere Mahlzeit, bevor er Gefahr läuft, etwas abwaschen zu müssen, weshalb ein typischer Sommernachmittagsdialog so verläuft: Guten Morgen, lieber Teenager, ich hoffe, du hast wohl geruht, darf ich dir Frühstück servieren?

Um Gottes willen, bloß nicht, weil wer muss es dann wieder wegräumen?? Eh. Ich esse draußen ein Semmerl mit nichts, danke.

Aus diesem Grund fruchtet auch nicht die am Küchenschrank affichierte, schön kalligrafierte Liste einfacher, nahrhafter Mahlzeiten, die ein Teenager sich zu Mittag ohne großen Aufwand und ohne Belästigung der Erziehungsberechtigten zubereiten kann. Könnte. Gibt's Toastbroat? Ja, im Kühlschrank. Gibt's auch Nutella? Nein. Dann hab ich keinen Hunger. Wenn man sie nach dem Abendessen doch einmal zwingt, den Abwasch zu machen, braucht man Ohrstöpsel und muss hinterher selber das Brett und das Messer abwaschen, mit dem man die Paradeiser geschnitten hat. Weil, Entschuldigung, aber das haben sie weder bestellt noch gegessen. Ah, ja.

## Aber süß bleiben sie ja immer

Ihr Leute da draußen, die ihr gerade zum ersten Mal schwanger seid: Ich sage euch jetzt was. Ihr glaubt, ihr bekommt Babys. Hahaha. Habe ich auch geglaubt. Glaubt jeder. Stimmt aber so nicht. In Wirklichkeit bekommt ihr riesige Teenager mit pinkfarbenen Haaren, lange Lulatsche in fetten, knalligen Sneakers, mit einem enormen Hair-Product-Verbrauch und dem Talent, auf 15 verschiedenen Arten angewidert schauen zu können, sobald die Rede auf Aufstehen kommt, Smartphone weglegen oder irgendwas helfen.

Würde man vor diesen Teenagern etwas verstecken wollen, täte man das am besten in der Spülmaschine; da schauen sie freiwillig fix nie rein. Gut, bevor sie Teenager sind, sind sie eine Zeitlang Kinder, und süß sind sie auch, aber Babys sind sie so kurz, dass man es schnell vergisst. Macht viele Fotos und Videos, denn auch ihr werdet es vergessen. Sie kommen völlig hilflos auf die Welt, sie sind putzige, kleine Brokkoliwelpen, sie glucksen, sie lächeln, sie sind unvorstellbar süß.

Nach einem Jahr rennen sie euch davon, und nach einem weiteren sagen sie euch die Meinung und rasen mit dem Laufrad über Kreuzungen. Ihr glaubt, ihr kriegt süße Säuglinge, und wie alle neuen Eltern glaubt ihr irgendwie tief drinnen, gegen euer besseres Wissen, dass die euren für immer süße Säuglinge bleiben werden, aber ihr täuscht euch sehr. Wenn man Kinder hat, ist jeder Tag Wunder, Überraschung, Glück und ein bisschen traurig, weil sie einen jeden Tag ein bisschen verlassen, weil sie jeden Tag morgen nicht mehr genauso sein werden wie heute. Nicht mehr exakt so toll wie heute.

Sie sind dann natürlich anders toll, und weil es eure sind, bleiben sie auch für immer süß. Und sie lernen auch jeden Tag neue Sachen, und mitunter sind das vernünftige, brauchbare und sogar nette.

Sie machen nur halt auch Zeug, das man irgendwann nicht mehr versteht, aber das gehört so. Merkwürdige Musik hören, interessant tanzen, stundenlang das Badezimmer okkupieren, einen immerimmerimmer, wenn man das Haus verlassen will, zehn Minuten warten lassen oder, wenn man in einem Auto fährt, angesichts eines gelben Autos sofort dem nächstbesten mitreisenden Teenager eine reinhauen, und der Teenager, der eine reingehaut bekommen hat, muss ordentlich brüllen und Wirbel machen, das geht jetzt schon seit Jahren so. Das kann für die Chauffeurin des Fahrzeugs zu einer gewissen Belastung werden, besonders, wenn viele Postautos unterwegs sind. Eins bleibt jedenfalls immer gleich: Am süßesten sind sie, wenn sie friedlich schlafen.

Apropos junge Menschen: Seit ich manchmal am Hauptbahnhof beim »Train of Hope« mithelfe, mache ich mir um die Welt nicht mehr so viele Sorgen. Die 18-, 20-, 24-Jährigen, die ich dort kennenlerne, machen mir große Hoffnung und ein gutes Gefühl für die Welt und ihre Zukunft. Egal, wie schlimm es wird, diese Jungen sind da, sie stellen sich hin, sie zeigen Haltung und sie kümmern sich.

# Damit man es hat, falls man es braucht

Hashtag SpaßmitdenaltenEltern. Der Vater ruft an, mit hörbarem Vorwurf in der Stimme. Ob eh alles in Ordnung sei? Ja, alles paletti, wieso? Weil er ein Mail geschickt habe, mit ein paar drängenden Fragen darin, er brauche die Antworten, deshalb. Ja, man hat das Mail gesehen und umgehend ebenfalls eins geschickt, in dem all diese Fragen beantwortet sind: Ist das Mail nicht angekommen? Na, das weiß er nicht, sagt der Vater, er hat nicht in die Mailbox geschaut, also, wann kommen die Kinder jetzt genau an? Viertelvoracht, Papa.

Die Teenager verbringen das lange Wochenende bei den Großeltern; nach einer anstrengenden Woche. Lesung in der Schweiz, »Ochs im Glas«-Präsentation, Lesung, packen, Teenager in den Zug setzen, was jetzt ein wesentlich schmerzfreierer Vorgang ist, als noch vor zwei Jahren. Ja, tschüss, ich dich auch, dir viel Spaß in Venedig. Sie sind schon sehr groß jetzt. Sie sind schon so groß, dass die Mutter sich jetzt immer wieder Befragungen stellen muss: Hast du mal was gefladert? Hast du mal Schule geschwänzt? Wann bist du zum ersten Mal richtig ausgegangen? Wann die erste Zigarette, der erste Alkohol, der erste Joint? Man kann original zusehen, wie die gelieferte Information in den Teenagerhirnen in gut beschriftete Ablagefächer geschoben wird, in denen man sie leicht finden wird, wenn man sie einmal braucht. Und man sieht leider auch, dass sie trotz nach wie vor aufrechter Total-Ablehnung von all diesen Sachen schon eine Idee davon haben, dass sie die Info eventuell einmal brauchen könnten.

All diese Fragen sind allerdings leichter zu beantworten als die, warum es möglich ist, dass in Oberösterreich keine Frauen in der Landesregierung sitzen. Keine? Keine. Warum machen die das? Weil sie es können. So eine Sauerei. Ja, eine unglaubliche Sauerei. Das sollte verboten sein! Ja, das sollte es.

Am Tag, bevor die Teenager zu ihren Großeltern fahren, hat jedenfalls die Erziehungserwachsene ziemlich viel Erwerbs- und andere Arbeit erledigt und danach die heimkommenden Teenager auf schnellschnell mit irgendwelchen Nudeln und Kofferpack-Anweisungen abgespeist, weil es musste nach Niederösterreich gefahren werden, um dort zu lesen. In der U-Bahn Sorge, ob man den Zug erwischt. Im Zug sich gefragt, warum die Veranstalter eigentlich wollten, dass man eine Stunde vor der Lesung erscheint (wollten sie gar nicht, erfuhr man später), am Veranstaltungsort gewartet, dass die dann wenigstens auch auftauchen, was nicht geschah. Dann auf die Uhr gesehen und festgestellt: man ist eine Stunde zu früh dran. Also insgesamt zwei. Zahlen kann ich nicht, nur Buchstaben.

Immerhin: es war ein schönes Kurhotel mit einem großen Bar-Foyer, und weil es Dienstag war, machten sich die Kurgäste gerade für den Musik-und Tanzabend fein und die Band kam schon. Bevor ich später wieder auf den Zug ging, sah ich die Leute tanzen, in heruntergeschummertem Licht, zu Peter Cornelius, und das war sehr schön.

# Ach, da bleib ich ganz heiter und gelassen

Kurz erwogen, in stark sarkastischem Tonfall die Geschichte zu erzählen, wie mir dieser kleine Schwule letzte Woche beim Auflegen in einem Lokal so stark auf den Geist gegangen ist, und wie man natürlich wieder einmal viel gelassener hätte reagieren sollen, heiter und erwachsen. Dann gedacht: Wuascht! Lasst uns lieb sein, unnachtragend und vorweihnachtlich froh! Und überhaupt wollen wir viel mehr im Augenblick leben.

Was manchmal nicht unschwierig ist. Zum Beispiel, wenn man auf der Liege einer Masseurin liegt, zum ersten Mal seit zehn Jahren, seit man das Thema Massage nach einem kleinen Dialog mit dem Betriebsmasseur ad acta legte. Der Masseur damals so: »Sag amal, dieser Beton in deinem Nacken, tut das nicht weh?« Ich so: »Nur wenn du so deppat darin herumknetest.« Weshalb man dann viele Jahre auf Massagen verzichtete. Fehler.

Aber jetzt ist man ja viel gescheiter, man macht ja jetzt auch ab und zu, obwohl man das Wort noch immer nicht würgereizfrei aussprechen kann, ein Wellness-Wochenende, und wenn man in dessen Rahmen in eine Massage praktisch hineinrennt: gut, dann Massage. Und dann tapfer in den Schmerz hinatmen, der zwingend entsteht, wenn versteinerte Faszien von professioneller Hand gelockert werden. Und sich schwören, dass man ab jetzt regelmäßig und so weiter. Alles wird besser und vernünftiger, doch.

Und man wird auch immer noch gelassener werden und vielleicht morgen schon den Jause-Test bestehen. Ein bestandener Jause-Test würde so ausschauen, dass man in der Früh nicht komplett auszuckt und die Teenager undankbare Verschwender schimpft, weil man schon wieder die Jausenboxen mit ungegessener Jause aus den Schulrucksäcken gefischt hat, also dem selbstgebackenen Brot aus dem Biomehl (wobei es sich nicht, wie Sie jetzt natürlich denken, um alte, gebackene Steine handelt, sondern um innen fluffiges und außen knuspriges Gebäck, das unmittelbar nach dem Auskühlen in Scheiben geschnitten, tiefgefroren und erst am Verzehrtag wieder aufgetaut wurde; und Teenagern somit zumutbar ist) mit der Biobutter plus der jetzt matschigen Biobanane. Da wird die sparige Vorarlbergerin in einem so narrisch, da müssen die Teenager dann leider leiden und sich leere Drohungen anhören, dass man gerne künftig billiges Diskonttoastbrot und so weiter. Ich hatte halt keinen Hunger! Jaja. Und, ja, das war überzogen, und man wird sich bessern. Vielleicht morgen.

Zum Üben lachen wir jetzt heiter über den nervigen, kleinen Schwulen, der später von einer Freundin auf dem Frauenklo angetroffen und darauf aufmerksam gemacht wurde, dass das hier das Frauenklo sei, worauf er meinte, er dürfe das, er sei schwul.

Ach so! Dafür hat man also jahrelang gegen all die schwulenfeindlichen Paragrafen angeschrieben, dass man jetzt auf dem Frauenklo noch länger anstehen darf. Und dass die Woman-of-the-Year-Awards nun von ehemaligen Männern abgeräumt werden. Alles super, ich bin ganz fröhlich und gelassen, doch.

# Wo die Umwelt natürlich auch sagt: Tja

Die Teenager essen jetzt kein Palmöl mehr, also nichts, in dem sich Palmöl findet. Das ist natürlich lobenswert, auch wenn es einem im Prinzip sehr viel lieber wäre, sie würden eine Sache mehr essen, als noch eine oder diesfalls sehr viele weniger als eh schon.

Sie essen ja ohnehin bereits vergleichsweise nichts, was einen täglich in die Glut treibt und die Teenager wünschen lässt, man wäre doch ein wenig weniger anwesend als man ist: weil wo keine Mutter, da keine blöden, nervigen Vorträge über regelmäßige und gesunde Ernährung und dergleichen.

Oder morgendliche Sarkasmusattacken, denen man als morgenmuffelige Erziehungsberechtigte leider ohnmächtig ausgeliefert ist, wenn man einem Teenager zusieht, wie er mit angewidertem Ausdruck an seinem Frühstücksbutterbrot schnuppert. Nur kurz, dann bemerkt der Teenager, dass er bemerkt wird, und man kann sehen, wie das Räderwerk im Teenagerkopf zu arbeiten beginnt, welches da drin eine Liste herunterrattert, auf welche Transportdienste oder finanzielle Zuwendungen der Mutter man an diesem Tag angewiesen ist.

Worauf der Toast doch zur Verspeisung gelangt, mit maximal möglicher Freude auf dem Teenagerantlitz: Danke für das gute Frühstück, liebe Mutter!! Gerne, mein liebes Kind. Wobei die neue Palmöl-Ächtung für jenen Teenager, der ja eigentlich eh alles isst, sofern es aus Schokolade besteht, eine wirklich heftige Prüfung darstellt. Denn Palmöl ist ja nicht nur in so etwa gar allem drinnen, das man nicht selber angebaut oder geschlachtet und dann zubereitet hat, sondern ganz speziell in allem, was süß ist und aus Schokolade.

Und es ist der guten Laune der Mutter wenig dienlich, dass dieses Palmölverbot und die damit verbundene

Lebensstiländerung ausgerechnet in eine Jahreszeit fällt, die praktisch vollumfänglich dem zügellosen Schokoladeverzehr gewidmet ist.

Keine Saison eignet sich für rigorosen Palmölverzicht weniger als die Vorweihnachtszeit. Das bemerkt man spätestens bei der Befüllung des Adventkalenders, im Zuge derer man vor dem Bio-Fairtrade-Schokolade-Regal errechnet, dass man, wenn man jedes der 48 Sackerl mit so einem Minitaferl hübsch verpackter Milchschokolade füllerte, überschlagsmäßige Adventkalenderkosten von circa 58 Euro zu verbuchen hätte. Bei aller Liebe.

Man behilft sich dann mit einer Großpackung braver Schokodinkelkugerl sowie einer Rolle Alufolie, wo die Umwelt natürlich auch sagt, tja, also. Aber first things first, und jetzt muss erst einmal die Entwicklung des Bewusstseins für die Herkunft von Nahrung begrüßt und unterstützt werden, tut mir leid.

Später studiert man, während man arglos Erbswurstsuppe mit Würsteln löffelt, die Ingredienzenliste auf der Packung, und was? Palmöl, genau. In der »Erbswurst seit 1889«, weil offenbar auch schon unsere Urururlis im 19. Jahrhundert mit Palmöl kochten. Bravo und Mahlzeit; wieder etwas, was es bei uns nicht mehr gibt.

# Also, wo ist jetzt der Leberkäs?

First World Problems: Immer, wenn einem gerade ein guter Satz eingefallen ist, wenn man sich hingesetzt hat und zu formulieren beginnt und gerade dabei ist, diesen frischen, guten Gedanken richtig lässig auszubauen, klingelt es. Die Post. Ein Paket. Irgendwas. Man drückt auf den Summer und wartet an der Tür, bis endlich der Lift startet und hochfährt, man tritt von einem Bein auf das andere und spürt, wie der Gedanke verblasst und davonrutscht, man versucht, den Gedanken festzuhalten, und als der Bote endlich vor der Tür steht, schlägt der Strichcode auf seinem Gerät nicht an, und er muss alles noch einmal eintippen. Der Bote ist sehr nett und freundlich, und man möchte ihn anbrüllen: Tu weiter! Mach schon! Und der Zorn, der in einem aufsteigt, während man ihm zuschaut und wartet, mit schwitzigen Trinkgeldmünzen in der Hand, schwemmt den Rest des Gedankens endgültig weg, und das war's.

Beim Billa gibt es keine Orecchiette mehr.

Man schaut einem Teenager dabei zu, wie er Feuer im Ofen macht. Und man will den Teenager einmal machen lassen. Und wird halb wahnsinnig, während man den Impuls unterdrückt, den Teenager zu belehren, zu sagen: Du hör mal, das Papier und das Unterzündholz sollten, was eigentlich logisch ist, unten sein, sonst brennen die dicken Scheite nicht an, auch wenn es – okay, da hast du recht – sehr viel cooler ausschaut, wenn der Unterzund oben auf den Scheiten abfackelt. Ja, Überraschung, jetzt ist das Feuer wieder aus.

Das alles sagt man nicht, sondern lächelt lieb und schaut geduldig zu, während man fühlen kann, wie die Temperatur fällt, Grad um Grad.

Man kann keine SMS-Wiener-Linien-Fahrscheine mehr mit einem Klick kaufen, nur noch mit einer komplizierten, altersweitsichtigenfeindlichen App, durch die man sich durchklicken muss und die einen dann zwingt, ein Passwort in winziger, nicht vergrößerbarer Schrift in ein winziges Feld einzutippen, auf dem Weg, ohne Brille, ständig vertippt man sich, es dauert ewig und ist eine Qual. Nein, eine Netzkarte rentiert sich nicht. Und die Trafik direkt bei der Bimstation führt keine Fahrscheine mehr, warum dürfen die das überhaupt? Und man muss immer länger auf die Bim warten.

Der Friseur hat einem die Stirnfransen viel zu kurz geschnitten.

Seit Jahren muss man Familienmitgliedern immer wieder vermitteln, dass Schreiben Arbeit ist. Und dass man dafür Ruhe braucht, Ungestörtheit, Unangequatschtheit.

Kannst du mir …

Kind, schau, ich arbeite.

Ja, sorri, wo ist der Rest vom Leberkäse von gestern?

Ich sagte, ich arbeite.

Ja, ich hab's gehört, also, wo ist der Leberkäs?

Im Kühlschrank, nehm ich an, darf ich jetzt weiterarbeiten?

Da ist er nicht.

Fffffff.

Weil ein wunderbares Weihnachtsfestl das andere ablöst, ist man immer müde.

Und der Bauch tut jetzt schon weh vom vielen guten Essen.

Und Weihnachten hat noch nicht einmal richtig angefangen.

# Ich glaube, Gaby Hoffmann hat das auch

Ständig fragen mich Leute, ob ich sauer bin, ob es mir nicht gut geht, ob mir eine Laus über die Leber gelaufen sei. Erst neulich wieder, nach dem Filmpreis, um drei Uhr früh, als ich mit dem FF noch auf einen Gin Tonic im Europa war. He, du schaust so genervt. Ich war überhaupt nicht genervt, ich war ganz fröhlich und leichtköpfig von einem schönen Abend mit feinen Leuten, gutem Wein und exzessivem Tanzen. Ich dachte nur gerade einen Moment intensiv darüber nach, wie lange ich eigentlich die wunderbaren Burschen von Naked Lunch schon kenne, und Nachdenken hat auf mein Antlitz leider eine beklagenswerte Wirkung.

Es ist, wie immer im Zusammenhang mit persönlichen Defiziten, unendlich beruhigend, wenn man feststellt, dass andere, viele andere, das auch haben, so viele, dass es dafür einen Ausdruck gibt. Halleluja! Danke! Denn derlei hebt das Problem von der individuellen Versagerebene auf ein allgemeines Niveau, idealerweise handelt es sich sogar um ein anerkanntes Leiden, für das es Symptome, ein Krankheitsbild und eine Forschung gibt.

In diesem Fall jetzt nicht, aber immerhin hat das grantige Gschau einen Namen. »Resting Bitch Face«, gefällt mir jetzt nicht so gut, dennoch bin ich froh, dass es das gibt. Es bedeutet, dass die Natur einem eine Mimik zugeteilt hat, die im unkontrollierten und eigentlich neutralen Ruhezustand den Ausdruck völliger Freudlosigkeit, Frustration, Genervtheit und radikaler Lebensunlust zeigt.

Das mag wie ein marginales Problem klingen, aber es ist ganz schön unangenehm, wenn man eigentlich nur irgendeinen völlig undeprimierenden Gedanken denkt und dabei so unglaublich frustriert dreinschaut, dass die Leute auf die andere Straßenseite wechseln. Mit frustrierten Leuten hat ja niemand gern zu tun, und mit frustrierten Frauen speziell nicht. Aber ich bin gar nicht frustriert! Überhaupt nicht! Mir geht es gut! Ich habe nur nachgedacht. Und ich habe ein RBF, ich kann nichts dafür.

Ich glaube übrigens, Gaby Hoffmann hat das auch. Ich bin ein großer Fan von Gaby Hoffmann (und von Gaby Hoffmanns Haaren und von Gaby Hoffmanns Augenbrauen), die sich, wie ich glaube, seit ich sie in ein paar Talkshows gesehen habe, weder für »Girls« noch für »Transparent« sonderlich verstellen musste, obwohl sie natürlich eine saugute Schauspielerin ist.

Jedenfalls absolviere ich seit Monaten ein intensives, ergebnisorientiertes Gesichtsmuskeltraining, das mir letztlich ein permanentes, etwas bescheuertes Gaby-Hoffmann-breites-Lächeln in mein Gesicht einmeißeln soll. Weil: Lieber bescheuert aussehen oder wie die Anhängerin einer 24/7-illuminierten Lächelsekte am Freudepfad. Und erstens heißt es, dass etwas, das man 68 Tage hintereinander tut, zur Gewohnheit, zweitens, dass man schon allein vom Lächeln glücklicher wird.

Ich lächle jetzt, wenn möglich, immer. Beim Duschen, beim Autofahren, im Schlaf. Und jetzt auch :)

# Wenigstens die Horwathin hatte Mitleid

Und schon wieder ein Fall für den Diagnose-Detektiv. Diesfalls war man zum ersten Mal seit circa 18 Jahren Ski fahren und voll des Stolzes darüber, dass man die Piste zwar umfänglich unelegant, aber unfallfrei und, dank Carver, auch relativ sicher hinunterkam, und zwar trotz dichten Schneefalls. Getrübt wurde die Freude allerdings davon, dass man am Ende der Abfahrt recht unschön neben die Piste speiben musste, weil einem kurz nach dem Ausstieg aus dem Lift eine ungute Übelkeit anfiel, die sich zusehends verstärkte, bis sich eine spontane Magenentleerung nicht mehr vermeiden ließ. Vorbeifahrende Skifahrer machten fröhlich einschlägige Handbewegungen, die andeuten sollen, dass es, Respekt, noch ganz schön früh sei für einen Schnapsvollrausch. Immerhin die Horwathin tätschelte mir mitleidsvoll den Rücken, weil sie wusste, dass das nicht stimmte. Danke, Horwathin.

Während die anderen also einen lustigen ersten Skitag erlebten, googelte man selbst, noch immer leicht dizzy, im Zimmer »Skifahren, Übelkeit, Erbrechen«, und tadaa, es gibt dafür einen Fachbegriff, und er nennt sich »ski sickness«, oder, viel schöner, »Häusler's disease«. Man war also klassisch seekrank. Denn eine weiße Piste bei trüber, verschneiter Sicht hat auf einen von Unverträglichkeit geplagten Organismus etwa die gleiche Wirkung wie ein Schiff auf wogender See: Das Auge kann sich nirgends mehr festhalten und orientieren, der Körper reagiert mit Übelkeit und Abstoßung des Mageninhalts.

Man ging dann in eine Apotheke, kaufte ein Reisemedikament, wurde informiert, dass man an diesem Tag nicht die erste mit derartigem Bedarf sei, nahm es brav vor jedem Skitag ein, erlebte ein paar ungetrübte Sonnentage und hinterließ bei der nächsten Schlechtwetterfahrt erneut das ganze Frühstück neben der Piste, mit den schon vertrauten Reaktionen der vorbeiwedelnden Skifahrer. Ich führe das deshalb so detailliert aus, weil ich der Meinung bin, das Phänomen sollte unter Skifahrern unbedingt viel bekannter sein, zum Schutz der Reputation der Betroffenen.

Aber: Luxusproblem. Ansonsten: Skifahren ist jetzt viel, viel, viel besser, als ich es in Erinnerung hatte, vor allem, weil in der Zwischenzeit, dankeschön!, die alten Langski von der Piste verschwunden sind, deren unsachgemäße Verwendung (aka Verkantung, Verschneidung und Überkreuzung) mich mehr als einmal in ein Gipszimmer beförderte. Und schließlich neben zahlreichen anderen Gründen für viele Jahre von der Piste fernhielten: zu gefährlich, zu aufwendig, zu teuer, zu bizarr, zu landschaftsschädigend, zu anstrengend.

Jetzt zog ich auf Anfänger-Carvern heil und glücklich durch die Berge, und alle anderen auch. Gottlob auch die wilde Teenagerhorde, die allein loszog und mit der GoPro Speed- und Schanzenvideos drehte, während die Erziehungsberechtigten gemächlich sonnige Hänge hinunterschwangen. Schön, dass ihr Spaß hattet, und wenn's okay ist, schauen wir uns das lieber nicht an.

# Man vergisst, wie lange zehn Sekunden sind

New Challenges beim Älterwerden: Leute vorstellen. Mit einer Freundin oder einem Freund bei irgendeinem Event sein, dort auf jemand gut Bekannten treffen, vorstellen, nicht mehr wissen, wie die heißen. Und das nicht bei Leuten, die man seit Jahren nicht oder nur ganz selten gesehen hat oder die man nie richtig kennengelernt hatte. Nein, bei Leuten, die man regelmäßig sieht, mit denen man in Kontakt ist und auf Facebook scherzt. Es ist nicht so, dass ich nicht mehr weiß, wie du heißt, Max Mustermann, natürlich weiß ich, wie du heißt, ich kenne dich ja seit 25 Jahren, wir haben schon viele Abende zusammen vertschechert, ich weiß, wie du denkst, dass du kürzlich einen schönen Karriereschritt gemacht hast, dass du zuerst mit der T. und dann mit der E. zusammen warst und bald mit der F. ein Kind kriegst, aber trotzdem brauche ich akut zehn Sekunden, um die zwei Wörter, die dein Name sind, in den vorderen Reaktionsbereich meines Gehirns zu befördern.

Man vergisst mitunter, wie lange zehn Sekunden sein können. Wissen Sie, wie lange die U-Bahn-Türen bei einem Stopp durchschnittlich geöffnet haben? Nein, nicht zwei Minuten: zehn Sekunden. Zehn Sekunden können sehr lang sein. Natürlich sind das zehn Sekunden, die man nicht hat, wenn man zwei Leute miteinander bekannt machen möchte, also steht man ohne Namen da. Oder mit geratenen.

Oder mit Juxnamen aus der Jugendzeit. Oder gleich mit Falschen. Oder nur mit dem Vor- oder dem Nachnamen. Oder mit Stummeln von Namen. Und mittlerweile ist es natürlich auch so, dass es einem schon allein vor lauter Angst, es könnte wieder passieren, wieder passiert, weil sich die Angst wie eine Wattewand zwischen Hirn und Mund drängt und vorübergehend alle Transmitter lahmlegt. Sobald man die Leute einander nicht, falsch oder unvollständig vorgestellt hat, fallen einem die Namen ohne Weiteres wieder ein. Eh klar. Weiß ich doch.

Eben wieder passiert im Rabenhof, wo man zwei Leute folgendermaßen miteinander bekannt machte: Das ist die Titti (eine enge, alte Freundin, mit der man viel Zeit verbringt und die seit ihrer Schulzeit so nicht mehr genannt wird und, no na, genannt werden will), das ist der Dschngrdchscchwwlgr (ein angesehener und in den Medien präsenter Kulturmensch, mit dem man in regelmäßigem beruflichem E-Mail-Kontakt steht, über dem auch sein wahnsinnig unkomplizierter Name steht, der jetzt leider unerreichbar weggesperrt ist).

Man redet dann, um von dem Gedächtnisversagen abzulenken, natürlich sofort irgendeinen Blödsinn, was die Sache kein bisschen besser macht. Es hilft, nur weil Frau Dings Dings äh Sargnagel an selbigem Abend auch präsent war, auch nichts, wenn das Gegenüber unverwechselbare körperliche oder stilistische Merkmale aufweist, weil erkennen tut man die Person ja eh. Nur benamsen kann man sie halt akut nicht, sofern das Merkmal nicht einem kausalen inhaltlichen Muster folgt oder gleich aus einem Namenstattoo auf der Stirn besteht. Sorri, mir fällt's gleich ein, nur einen Moment.

# Über die Autorin

**Doris Knecht,**
geboren in Vorarlberg, ist Kolumnistin des »Kurier«, des »Servus«-Magazins und schreibt eine wöchentliche Kolumne für den »Falter«, die nun im bereits fünften Czernin-Band zusammengefasst werden. Autorin der Romane »Besser« (2013) und »Wald« (2015) sowie des 2015 verfilmten Romans »Gruber geht« (2012). Sie lebt mit ihren Kindern in Wien und im Waldviertel.